CLÁSICOS CLIE

LA PEREGRINA

**CLÁSICOS
CLIE**

LA PEREGRINA

**EL VIAJE DE CRISTIANA Y SUS HIJOS
A LA CIUDAD CELESTIAL
BAJO EL SÍMIL DE UN SUEÑO**

JOHN BUNYAN

editorial clie

EDITORIAL CLIE
M.C.E. Horeb, E.R. n.º 2.910 SE/A
Ferrocarril, 8
08232 VILADECAVALLS (Barcelona) ESPAÑA
E-mail: libros@clie.es
Internet: http:// www.clie.es

LA PEREGRINA
El viaje de Cristiana a la Ciudad Celestial bajo el símil de un sueño

CLÁSICOS CLIE

Copyright © 2008 por Editorial CLIE
para la presente versión española

Revisión y actualización del texto por Ana Romero García
Traducción de las poesías por Carlos Araujo

ISBN: 978-84-8267-538-1

Clasifíquese:
2250 VIDA CRISTIANA:
Alegorías sobre la vida cristiana
CTC: 05-33-2250-06
Referencia: 224710

Índice

PRÓLOGO EDITORIAL

En su excelente y conocida obra de divulgación *La cultura: todo lo que hay que saber*,[1] el profesor Dietrich Schwanitz incluye la obra de John Bunyan *The Pilgrim's Progress,(1678)* (El Peregrino), en su relación de "libros que han cambiado el mundo".

¿Qué hace a un prestigioso intelectual alemán del siglo XXI dar tanta importancia a un librito alegórico insignificante, escrito en el siglo XVII por el hijo de un calderero de Elstow, mientras estaba en la cárcel por desobediencia civil?

La respuesta, en parte, la encontramos en palabras de su propio autor, que al prologar la segunda parte, escrita siete años después, *Christiana's Journey, (1685)* (La Peregrina), se refiere poéticamente al éxito alcanzado por su primer libro estos términos:

> *Tierra y mares cruzó mi Peregrino,*
> *y no supe que fuese rechazado*
> *en reino alguno, fuera pobre o rico,*
> *ni en desprecio las puertas le cerraron.*
>
> *En Francia y Flandes, donde están en guerra,*
> *entró como un amigo y un hermano.*
>
> *En Holanda también, según me dicen,*
> *por muchos, más que el oro es apreciado.*
>
> *Serranos e Irlandeses convinieron*
> *en recibirlo con cordial aplauso.*
>
> *En América está tan acogido*
> *y le miran allí con tal agrado,*
> *que lo empastan, lo pintan y embellecen,*
> *por aumentar su conocido encanto.*
> *En fin, que por doquiera se presente,*
> *miles hablan y cantan alabándolo.*

---

[1] *Bildung. Alles was man wissen muss,* Eichborn AG, Francfort, 2002; publicada en español por Taurus/Santillana.

Si es en su patria, no sufrió mi Libro
vergüenza ni temor en ningún lado.
¡Bienvenido!, le dicen, y lo leen
en la ciudad lo mismo que en el campo.
No pueden reprimir una sonrisa
los que lo ven vender o ser llevado.
Los jóvenes lo abrazan y lo estiman
más que otras obras de mayor tamaño,
y dicen de él con júbilo: Más vale
la pata de mi alondra que un milano.

Así fue y así es. Desde el primer momento en que salió de la imprenta, *The Pilgrim's Progress* se convirtió en un best-seller, hasta el punto que, a la muerte de Bunyan (1688), ya se habían publicado once ediciones y se habían vendido más de cien mil ejemplares, cifra sorprendente en aquella época.

La primera edición vio la luz en 1678, y un año después, 1679, una segunda, corregida y ampliada. A partir de aquí, se publicaron, en vida del propio Bunyan, nueve ediciones más: 1680, 1681, 1682, 1683, 1684, 1685 y 1688. La primera edición norteamericana, en la todavía denominada América Colonial, apareció tan sólo tres años después de la primera edición inglesa, en 1681. Tuvo, pues, una difusión masiva entre los puritanos y comunidades protestantes "no-conformistas" a ambos lados del Atlántico, cuyos fieles lo leían a diario junto con la Biblia y otro best-seller de la época, *Foxe's Book of Martyrs*,[2] una obra sobre la historia de los mártires, especialmente de la Reforma y puritanos, y que, como *The Pilgrim's Progress*, iba encaminado a fortalecer la fe de los creyentes en una época de privaciones y dificultades.

Esto hizo que *The Pilgrim's Progress* se convirtiera en uno de los libros más difundidos de la historia y más traducido a otros idiomas después de la Biblia, incluso a lenguas desconocidas en los días de Bunyan. Tres siglos después, el viaje de *Cristiano* a la Ciudad Celestial es conocido por asiáticos en el Oriente y africanos en el Occidente; por esquimales del Polo Norte y aborígenes del Pacífico Sur. Ha estado presente y disponible en las librerías, continuadamente y sin interrupciones desde su primera edición. Y existen hoy en el mercado todo tipo de ediciones: ilustradas, comentadas, infantiles o de bibliófilo, en más de doscientos idiomas.

---

[2] En español *El libro de los mártires,* publicado también por la Editorial CLIE.

Encuadrada en el género de la literatura alegórica y exponente tardío de lo que se conoce como *devotio moderna,* surgida con Thomas de Kempis y su *Imitación de Cristo,* la obra de Bunyan ha sido reconocida y elogiada por los eruditos de todos los tiempos como una obra maestra de la lengua inglesa, y resulta difícil que una persona educada en el mundo anglosajón no lo haya leído o la conozca al menos como referencia. Se han publicado numerosos comentarios al texto y es citado habitualmente por los grandes autores de la literatura inglesa y norteamericana, desde Samuel Johnson, que afirma en una de sus obras que: *«El mérito más grande de este libro (El Peregrino) es que el hombre más cultivado no puede encontrar otra lectura más elevada para encomiar, y a la vez, un niño no encontraría nada más divertido»;* pasando por Nathaniel Hawthorne en *Celestial Railroad;* E. E. Cummings en *The Enormous Room;* John Bucham en *Mister Standfast* e incluso Alan Moore, que incluye el personaje principal de El Peregrino, *Cristiano,* como miembro del grupo en la primera versión de su novela *The League of Extraordinary Men.*

Su impacto en el mundo del arte ha sido también enorme. Sirvió como fuente de inspiración para algunos de los artistas e ilustradores de más renombre en el mundo anglosajón de los siglos XVIII y XIX como John Flaxman, William Blake, Joseph Kyle, Henry Courtney Selous, Edward Goodall, Frederic Edwin Church, Jasper Frances Cropsey, Daniel Hunttington, Norman Rockwell, y muchos más; las pinturas y grabados que reproducen diferentes escenas del camino de *Cristiano,* son incontables.

Hollywood ha situado también a *Cristiano* en la gran pantalla en numerosas ocasiones, con estrellas de la talla de Leam Neeson *(La lista de Schindler, El Reino de los Cielos),* Jenny Cunningham o Tina Heath, y existen numerosas versiones en DVD.

El famoso compositor Ralph Vaughan Williams escribió en 1951 una ópera basada en el libro y titulada *The Pilgrim's Progress,* estrenada en Londres el 26 de mayo de 1951, y Bob Dylan tiene un álbum titulado *The Pilgrim's Progress.*

Estamos convencidos, sin embargo, que no fue únicamente esta difusión masiva y su impacto cultural lo que impulsó a Dietrich Schwanitz a incluirlo en su relación de "libros que han cambiado el mundo". Su apreciación es bastante más profunda y va mucho más allá. Schwanitz considera que *The Pilgrim's Progress* es un texto clave para entender la esencia teológica y sociológica del movimiento puritano, y con ello, las bases de la cultura anglosajona. Sin ello, afirma Schwanitz *«el capitalismo sería otra cosa, Inglaterra no hubiera sido la avanzadilla de la modernización, y Estados Unidos hubiera evolucionado de otro modo».*

Criterio que comparte ampliamente otro peso pesado de la sociología moderna, el profesor de Harvard Samuel P. Hunttington, quien en su obra *¿Quiénes somos: los desafíos de la identidad nacional estadounidense?* no duda en mencionarlo como un elemento determinante en la fundación de los Estados Unidos de América.

Los personajes centrales de Bunyan, *Cristiano* y *Cristiana,* son el más claro exponente de una nueva forma de entender la teología, y con ello, de una nueva forma de entender el mundo; establecen las bases de un nuevo modelo de sociedad.

Cristiano y *Cristiana,* abandonan todo lo que poseen en su Ciudad de Destrucción y emprenden su viaje hacia la Ciudad Celestial, enfrentando en el camino toda clase de peligros, hasta lograr su propósito. Con ello, cumplen dos funciones: se convierten, por un lado, en símbolo alegórico de todos aquellos peregrinos puritanos que, abandonando todo lo que poseían en su Inglaterra natal, emprendieron viaje en el *Mayflower* al Nuevo Mundo para establecer allí un nuevo modelo de sociedad más libre y pluralista; pero, además, definen también el nuevo modelo de relación entre el hombre y Dios surgido de la Reforma y adoptado por el protestantismo noconformista. Un nuevo modelo soteriológico, en el que la salvación rompe su vínculo y dependencia de la Entidad eclesial como ente administrador y canal transmisor de la gracia divina, y se transforma en una relación directa y personal del hombre con Dios, entre el pecador redimido y su Redentor amante; libre de intermediarios y dependiente, única y exclusivamente, de la decisión personal de cada individuo a través de la gracia y por medio de la fe. Un modelo que, años más tarde, cristalizaría en la esencia teológica del actual movimiento evangélico.

Ese modelo soteriológico del pensamiento puritano, independiente e individualista, magistralmente descrito por Bunyan a través de sus peregrinos *Cristiano* y *Cristiana,* ha influido decisivamente en la forja del pensamiento y la cultura anglosajona, especialmente la norteamericana; donde cada cual depende de sí mismo y de su propio esfuerzo; donde cada ciudadano se siente peregrino y vive la angustia de progresar, consciente de que puede alcanzar todo aquello que se proponga, si está dispuesto a luchar por ello con todas sus fuerzas hasta alcanzar la meta.

Bunyan, con sus personajes, no hizo más que describir simbólicamente las diferencias, bien marcadas, que a partir de la Reforma protestante del siglo XVI han delimitado a las dos culturas que han configurado la sociedad occidental de los últimos quinientos años: la católica romana, circunscrita mayoritariamente a los países de la ribera mediterránea y Latinoamérica; y la germánica-anglo-sajona, del Norte de Europa y los Estados Unidos. Dos modelos de sociedad muy diferentes en sus concepciones, por no decir divergentes o incluso enfrentados entre sí.

Tenemos, por un lado, el modelo de sociedad conformista fomentado por la Iglesia Católica Romana, aliada -hasta bien entrado el siglo XX- de sistemas políticos absolutistas y propensa a mantener las diferencias de clases. Un modelo que, si bien por un lado aplastaba las legítimas aspiraciones del pueblo para autogobernarse, le compensaba, por otro lado, librándole de la angustia de tener que pensar por sí mismo. Un modelo social en el que la riqueza y el éxito se han vinculado históricamente a la herencia o a la suerte; donde el trabajo ha sido visto, tradicionalmente, como un estigma, un castigo de Dios al que se ven sometidas las clases inferiores; por lo que, el objetivo ha sido siempre tratar de evitarlo -o cuanto menos, limitarlo al mínimo exigible y necesario- lo que ha mermado sensiblemente la capacidad productiva, la competitividad y el crecimiento económico de las sociedades donde se ha impuesto.

En el otro lado, tenemos el modelo del protestantismo no-conformista: individualista, independiente, favorable a la igualdad y a la democracia, donde la riqueza y el éxito no se vinculan a la herencia o a la suerte, sino a la iniciativa privada y a la laboriosidad individual. Donde el trabajo no se ve como un castigo divino, sino todo lo contrario, como un privilegio, un don de Dios. Donde, en igualdad de oportunidades, la suerte de cada uno surge de su propio esfuerzo y productividad. Donde cada ciudadano, consciente de que su éxito o fracaso depende únicamente de sus propias decisiones, emprende su camino en solitario, como hicieran el *Peregrino* y la *Peregrina* de Bunyan, y acepta voluntariamente la angustia de progresar hasta alcanzar las metas y objetivos que se ha propuesto.

Dos modelos bien distintos de sociedad, cuyas consecuencias han sido, hasta hace muy poco, un desarrollo más rápido y un crecimiento económico más elevado en los países germánicos y anglosajones, de cultura protestante, que en los países latinos, de tradición católica. Teoría que ya desarrolló y expuso ampliamente Max Weber en su conocida obra *La ética protestante y el espíritu del capitalismo*.

En este sentido, cabe decir que *El Peregrino* de John Bunyan, va más allá de ser una obra maestra de la literatura alegórica y un pilar de teología evangélica; puede calificarse, además, como pionero y precursor de los muchos libros de estímulo y motivación personal, tan apreciados y tan de moda en nuestros días.

Por todo ello, es una satisfacción para la Editorial CLIE, ofrecer a los lectores esta nueva versión actualizada de *El Peregrino* y *La Peregrina,* en las que, preservando la integridad del texto original, manteniendo la calidad y valor literario de la versión española y respetando la magistral traducción poética de Carlos Araujo, tratamos de acercar la obra inmortal de John Bunyan a los lectores del siglo XXI.

ELISEO VILA VILA   ANA ROMERO GARCÍA
Presidente de la Editorial CLIE   Revisora y actualizadora del texto.

VIDA DE JOHN BUNYAN

JOHN BUNYAN, hijo de un calderero, nació en Elstow, cerca de Bedford, (Inglaterra) el año 1628, una época en la cual prevalecían las malas costumbres por todo el país. Su educación fue la que los pobres podían alcanzar a dar a sus hijos en aquellos días: asistió a la escuela primaria y aprendió a leer y escribir. Pero John era un muchacho rebelde, díscolo y desaplicado, y pocos de su edad le aventajaban a la hora de soltar palabrotas, mentir y blasfemar.

No obstante, sentía un profundo temor por las cosas del más allá, y parecía que el terror a lo que pudiera ser de él en la vida venidera era lo único capaz de refrenarle, pues durante el día le sobrevenían frecuentes y terroríficos presentimientos sobre la ira divina, y de noche le sobresaltaban sueños horribles. Su imaginación creaba apariciones fantasmagóricas de malos espíritus que venían para llevárselo, o le hacía creer que había llegado el día final, con todas sus terribles consecuencias.

Pero a medida que fue creciendo, su conciencia se fue endureciendo más y más, de modo que ya no bastaban sus temores para moderar su conducta. Ni tan siquiera los extraordinarios y providenciales acontecimientos que le ocurrieron en sus años jóvenes fueron suficientes para conmoverle y hacerle cambiar de actitud. Dos veces estuvo a punto de morir ahogado; durante la guerra civil, en la que fue obligado a servir en el ejército, un compañero suyo, que había pedido y obtenido permiso para sustituirle en una guardia, recibió un tiro en la cabeza y murió en el acto. Pero nada de esto consiguió que variara su conducta.

No fue hasta contraer matrimonio cuando la vida de hogar comenzó a ejercer cierta influencia favorable en su conducta. La joven que tomó por esposa era muy pobre, y lo más valioso que tenía eran dos libros que su padre, hombre muy piadoso, le había dejado en herencia: *Plain Man's Pathway to Heaven,* (El camino sencillo al Cielo) del puritano Arthur Dent y *Practice of Piety,* (La práctica de la piedad) de Lewis Bayly, libros que la señora Bunyan leía con frecuencia en compañía de su marido, aprovechando para explicarle acerca de la vida santa que su padre había llevado.

El resultado fue que Bunyan comenzó a experimentar un vivo deseo de reformarse, y así lo hizo; aunque solamente en lo exterior, pues su corazón no experimentó cambio alguno, y su vida continuó por los mismos derroteros de pecado que hasta entonces había seguido.

Pero cierto día, un sermón que escuchó acerca del pecado de no santificar el día de reposo, le causó una fuerte impresión. Y la tarde de aquel mismo día, mientras estaba entregado a diversiones mundanas, como era su costumbre, se agolparon de pronto en su mente pensamientos terribles acerca del juicio venidero; y de pronto, imaginó oír una voz del cielo que le decía: "¿Quieres dejar tus pecados e ir al cielo, o prefieres seguir en ellos e ir al infierno?" Entonces cruzó por su conciencia, como un rayo, la convicción de que era un gran pecador; pero pensó que era ya tarde para buscar el perdón y poder ir al cielo, de modo que, frustrado, se entregó de nuevo a las diversiones, aún con mayor ahínco.

Algún tiempo después, hizo amistad con un cristiano, cuya piadosa conversación tocó de tal forma su corazón, que se sintió motivado a comenzar a leer la Biblia. En la Sagrada Escritura encontró cosas que le alarmaron, y emprendió una reforma total de su vocabulario y de su conducta; pero confiado solamente en sus propias fuerzas e ignorando el amor y la gracia de Jesucristo.

Un día, mientras paseaba por las calles de Bedford, le llamó la atención una conversación que sostenían tres mujeres piadosas, sentadas a la puerta de una casa. Se acercó, y escuchó que hablaban de Dios, de su obra en los corazones de los seres humanos y de la paz y la reconciliación, cosas que él no había conocido ni experimentado todavía. Las palabras de aquellas mujeres impactaron de tal modo en su vida que a partir de entonces abandonó la compañía de viciosos y comenzó a relacionarse únicamente con personas que, cuanto menos, tuvieran reputación de piadosos.

A partir de este momento, cabe decir que Bunyan, en paralelo a *Cristiano*, a su futuro personaje, emprendió su peregrinaje saliendo de la ciudad de Destrucción; pero cayó en muchos peligros y errores, hasta el punto que cabe decir que ni uno solo de los muchos temores que pueden asaltar al espíritu ansioso de salvación, dejó de inquietarle de un modo u otro en alguna ocasión. Por lo que durante largo tiempo, como *Cristiano*, permaneció encerrado en una jaula de hierro, privado del gozo de las promesas divinas y esperando aterrado una segura condenación. Su lucha con el Maligno recuerda claramente el combate de *Cristiano* y *Apollyón*, y a punto estuvo de sucumbir; pero como le sucediera a Cristiano, una mano misteriosa le alargó algunas hojas del árbol de la vida, que aplicadas a las heridas que había recibido en el combate, le sanaron al instante. Finalmente, la fe le llevó a la cruz de Cristo y vino a ser más que vencedor por medio de Aquél que le amó.

Poco después de esto, Bunyan hizo pública profesión de su fe y comenzó a predicar a otros la realidad del Salvador que él había encontrado.

Pero este cambio de actitud y de conducta, y más que nada su afán de comunicar a otros su hallazgo, no tardó en causarle graves problemas. Pese a que entre los años 1655 y 1660 predicó libremente y de manera constante en la vecindad de Bedford, en el último año fue arrestado y encarcelado en la prisión de Bedford, en la cual pasó doce años, exceptuando un breve intervalo de pocas semanas. Por un tiempo se afirmó que fue durante este primer y largo período de encarcelamiento en Bedford que escribió *El Progreso del Peregrino,* pero investigaciones más recientes han demostrado que fue durante otro encarcelamiento posterior y más breve, en el año 1676, cuando escribió la primera parte de su obra inmortal, publicada en los primeros meses del año 1678. La segunda parte no apareció hasta el año 1685.

Bunyan, aunque no era un erudito, manejaba con maestría la Biblia en la versión *King James* y era lector de las obras de Martín Lutero, especialmente su *Comentario sobre la Epístola a los Gálatas,* que leyó en inglés en la traducción de 1575 y que causó un profundo impacto en su vida. Fue un prolífico autor de otras muchas obras, aparte de *El Peregrino.* Otra alegoría titulada *La Guerra Santa,* publicada en 1682 -traducida y publicada también por CLIE al español-, que iguala a *El Progreso del Peregrino* en mérito literario y espiritual. Resumió también, de una manera inimitable, la historia de su vida en un libro titulado *Gracia abundante para el mayor de los pecadores,* digno de figurar al lado de las famosas *Confesiones* de San Agustín, o de las *Conversaciones de sobremesa* de Lutero. Y además numerosos libros, artículos, folletos y trabajos cortos.

En la cárcel, Bunyan aprendió el arte de hacer encaje de flecos largos, con lo cual ayudaba al sustento de su familia. Tras obtener su libertad, vivió una vida muy útil dedicada a la obra de Cristo, como pastor de la Congregación independiente de Bedford, como predicador itinerante y escritor. En un viaje a Londres, y debido a haber permanecido mojado, contrajo un fuerte resfriado y murió como resultado de una fiebre en la casa de un amigo en Snow Hill el 31 de agosto de 1688. Su tumba se encuentra en el cementerio de Bunhill Fields en Londres.

PRÓLOGO POÉTICO DEL AUTOR

Ve, Libro mío, dondequiera que haya
mi primer Peregrino penetrado;
llama a todas las puertas; si preguntan
¿Quién es? Di que es Cristiana sin reparo.
Entra, si lo permiten, con tus hijos,
y diles quiénes son, de do han llegado,
quizás ya por sus nombres o sus rostros
los hayan conocido; mas si acaso
no saben quiénes son, pregunta entonces
si pasó por sus casas un Cristiano.
Si te dicen que sí, que complacidos
le vieron a la gloria caminando,
sepan ahora que su esposa e hijos
buscan el cielo por los mismos pasos.

Diles que, por hacerse peregrinos,
ciudad y hogar con decisión dejaron;
que han tenido amarguras, privaciones;
que sufrieron sus pruebas y trabajos;
que han sostenido luchas con demonios
y vencieron difíciles obstáculos.
Diles de aquellos otros, que el camino
valerosos y fieles terminaron,
porque buscaban, con desprecio al mundo,
la voluntad de Dios llevar a cabo.

Diles también las cosas agradables
con que son sus disgustos compensados,
y sepan que los tiene el Rey del cielo
bajo su amor y paternal amparo.
Cuán hermosas mansiones les prepara,
mientras con vientos y olas van luchando;
cuán dulce calma gozarán por siempre,
si fueron fieles hasta el fin del tránsito.

Quizás, oh Libro mío, te reciban
como al primero, con cordial abrazo,
y gozosos te den la bienvenida,
su amor a los viadores demostrando.

OBJECIÓN I
¿Y si no me creyeran que soy tuyo?
¿Y si piensan tal vez que los engaño?
Es posible que un libro se presente
cual Peregrino, su apariencia usando,
y por el nombre y el disfraz consiga
penetrar en las casas de unos cuantos.

RESPUESTA
Falsificar mi Peregrino, es cierto,
hace ya mucho, pretendieron varios,
con mi nombre y mi título en sus libros;
mas éstos, por su estilo y por sus rasgos,
pronto dan a entender que no son míos,
sino de autores que usan nombres falsos.

Si hallas quien tal objete, tu recurso
es decir lo que dices, pues es claro
que ahora nadie emplea tu lenguaje,
ni fácilmente logrará imitarlo.

Si, con todo, persisten en la duda,
creyendo que marcháis como gitanos,
para engañar y corromper a muchos
por dondequiera que vayáis pasando,
llamadme sin tardar: yo testifico
que sois mis Peregrinos sin engaño.

OBJECIÓN II
¿Y si quizás pregunto a los que quieren
ver a mi Peregrino condenado,
o al oír mi pregunta se enfurecen
los de la casa en cuya puerta llamo?

RESPUESTA
No temas, Libro mío, esos fantasmas:
nada son, no te den temores vanos.

Tierra y mares cruzó mi Peregrino,
y no supe que fuese rechazado
en reino alguno, fuera pobre o rico,
ni en desprecio las puertas le cerraron.

En Francia y Flandes, donde están en guerra,
entró como un amigo y un hermano.
En Holanda también, según me dicen,
por muchos, más que el oro es apreciado.
Serranos e Irlandeses convinieron
en recibirlo con cordial aplauso.
En América está tan acogido
y le miran allí con tal agrado,
que lo empastan, lo pintan y embellecen,
por aumentar su conocido encanto.
En fin, que por doquiera se presente,
miles hablan y cantan alabándolo.
Si es en su patria, no sufrió mi Libro
vergüenza ni temor en ningún lado.
¡Bienvenido!, le dicen, y lo leen
en la ciudad lo mismo que en el campo.
No pueden reprimir una sonrisa
los que lo ven vender o ser llevado.
Los jóvenes lo abrazan y lo estiman
más que otras obras de mayor tamaño,
y dicen de él con júbilo: Más vale
la pata de mi alondra que un milano.

Las señoritas y las damas, todas
le muestran por igual su beneplácito,
y ocupa siempre preferente sitio
en bolsos, Corazones y en armarios;
porque a sus almas lleva sus enigmas
con tal provecho en saludables párrafos,
que compensa la pena de leerlo,
y más que el oro saben apreciarlo.

Hasta los chicos que andan por la calle,
al encontrar mi Peregrino al paso,
le saludan y alegres le despiden,
diciendo que es el mozo más simpático.
También le admiran los que no le vieron,

porque han sabido de sus hechos algo,
y lo quieren tener, porque les haga
de curiosos sucesos el relato.

Los que no lo estimaban al principio,
teniéndole por simple o insensato,
por conocerle ya, lo recomiendan,
y a los suyos lo envían de regalo.
Así, no temas, mi Segunda Parte;
alza tu frente, nadie te hará daño;
los que tienen amor a la Primera
te acogerán con gozo y entusiasmo,
por las cosas que das, útiles, buenas,
a pobres, ricos, jóvenes y ancianos.

OBJECIÓN III
Mas algunos dirán: Ríe tan fuerte,
envuelve su cabeza en tal nublado,
y son sus narraciones tan oscuras,
que no sabemos cómo interpretarlo.

RESPUESTA
Puedo pensar que risas y clamores
se advierten en sus ojos al mirarlos.
Cosas que, al parecer, mueven la risa,
un agudo dolor van ocultando.
Jacob, viendo a Raquel con sus ovejas,
la besó, y a la vez vertía llanto.

Dicen que hay una nube en su cabeza:
la ciencia así se cubre con su manto,
y estimula la mente a que descubra
lo que se puede hallar, investigándolo.
Lo que parece envuelto en frase oscura
mueve la inteligencia del cristiano,
para que estudie y saque el contenido
de lo que encierran nebulosos párrafos.
Yo sé también que símiles oscuros
no serán comprendidos sin trabajo,
pero en el alma quedarán impresos
más fácilmente que si fueran claros.
Así pues, Libro mío, ve adelante,

no pierdas ni decaiga tu buen ánimo;
no hallarás enemigos, sino amigos,
que a los viandantes abrirán los brazos.

Lo que mi Peregrino deja oculto,
tú vas, mi Peregrina, a revelarlo.
Dulce Cristiana, tú abrirás con llave
lo que dejó en encierro mi Cristiano.

OBJECIÓN IV
Mas algunos desprecian, como al polvo,
el método que vienes empleando.
Si me encuentro a los tales, ¿qué les digo?
¿debo, cual me desprecian, despreciarlos?

RESPUESTA
Cristiana mía, si a los tales hallas,
has de mostrarles el amor más santo;
no les pagues desprecio por desprecio,
dales sonrisa de su ceño en cambio.
Tal vez su condición o un mal informe,
a obrar así contigo le impulsaron.

Personas hallarás en todas partes
que tienen, en verdad, gustos bien raros;
ni a sus mismos parientes los estiman.
y menosprecian los mejores platos.
Déjalos, mi Cristiana, a su albedrío;
otros se alegrarán de haberte hallado.
No contiendas jamás; humildemente
de peregrina mostrarás los hábitos.

Ve, pues, Librito mío; muestra a todos
los que te tiendan cariñosa mano,
las buenas cosas, escondidas a otros,
y ojalá tus verdades puedan tanto
que hagan de tus lectores peregrinos
mejores que tú y yo, cual deseamos.

Ve a decir a los hombres quién tú eres.
Diles: Yo soy Cristiana, y ahora trato
de mostrar, con mis hijos, cómo se anda
el camino del cielo sin desmayo.

Ve a decirles también qué son y quiénes
los que contigo van peregrinando.
Diles: Misericordia es esta amiga
de quien hace ya tiempo me acompaño.
Viendo su rostro distinguir podréis
la diferencia entre viador y vago.
Aprendan, sí, las jóvenes en ella
a estimar las riquezas de lo alto.
Las doncellas que van en pos de Cristo,
mundanales amores despreciando,
Él las defenderá como a los niños
que en el Templo con vivas le aclamaron.

Habla después de Integridad el viejo,
fiel peregrino de cabellos blancos;
di que su cruz llevaba en pos de Cristo,
y era un hombre sencillo en alto grado.
Quizás con este ejemplo se estimulen
a seguir a Jesús otros ancianos.

Di cómo Receloso caminaba,
los días en que estuvo solitario
con temores, suspiros y lamentos,
y al fin ganó la palma de los salvos.
Era buen hombre, aunque abatido siempre,
y a los cielos llegó perseverando.

Diles de Mente-Flaca cómo andaba,
nunca delante, siempre rezagado;
cómo por poco muere, si no llega
pronto Gran Corazón a rescatarlo.
Era fiel, aunque débil en la gracia,
mas tenía en su faz el sello santo.

De Pronto-a-Caer cuenta la historia.
Éste, con sus muletas, no era malo.
Apenas se encontró con Mente-Flaca,
se pusieron de acuerdo y se estimaron.
A veces uno canta y otro baila,
y los dos se completan, aunque flacos.

No olvides las hazañas de Valiente,
dignas de admiración en un muchacho;
describe su bravura, su destreza.
nadie tuvo valor para retarlo.
Él y Gran-Corazón dieron la muerte
a Desesperación, con él luchando,
y vencido el gigante, en seguida
el Castillo de la Duda derribaron.

No dejes de nombrar a Desaliento;
saca a Mucho-Temor en tu relato,
para mostrar que sin razón temían,
pues no estaban de Dios abandonados.
Con marcha lenta, pero firme, fueron
hasta el fin, y el Señor les dio su abrazo.

Al terminar tu historia, Libro mío,
pulsa las cuerdas cuyos sones gratos
hacen bailar al cojo, y al gigante
hacen temblar con pavoroso espanto.
los enigmas ocultos en tu seno,
proponlos, y que queden explicados,
y el resto de tus líneas misteriosas
deja para quien pueda penetrarlo.

Y ojalá que este Libro para muchos
les sea bendición, aprovechándolo;
que el comprador después no se lamente
de que fue su dinero malgastado.

Sí, Libro mío, quiero que des fruto,
Cual buen amigo de viadores santos,
y hagas volver al celestial camino
a los pobres que van extraviados.

JOHN BUNYAN

CAPÍTULO I

El autor, en su segundo sueño, se encuentra con el anciano Sagacidad y da comienzo a su relato: Cristiana, después de la muerte de su esposo, se arrepiente y recibe un mensaje divino que la llama a la vida de peregrinación.

Muy agradable me fue, queridos lectores, contaros, hace algún tiempo, el sueño que tuve sobre el peregrino Cristiano y su arriesgado viaje a la Ciudad Celestial; y no dudo que su viaje os habrá sido de provecho. Os transmití, entonces, cuanto había presenciado, y os hice notar lo poco dispuestos que se mostraron su esposa y sus hijos a acceder a sus ruegos para que le acompañaran, hasta el punto que, ante la disyuntiva de tener que arrostrar el peligro inminente que le amenazaba si permanecía por más tiempo con ellos en la ciudad de Destrucción, Cristiano se vio obligado a emprender su viaje solo.

Desde entonces, mis numerosas ocupaciones me impidieron visitar de nuevo la población de nuestro peregrino, de modo que no tuve noticias de lo que había sido de su familia. Pero, recientemente, obligado por mis negocios, pasé por allí, y al tumbarme a descansar un rato en un bosque que dista poco de la ciudad, tuve el siguiente sueño:

Vi a un anciano que pasaba cerca del lugar donde me encontraba, y puesto que íbamos en la misma dirección, me levanté y le pedí que me permitiera acompañarle. Mientras caminábamos juntos, siguiendo la vieja costumbre de los viajeros, entablamos una animada conversación, que derivó al tema de Cristiano y su viaje.

—Caballero -le pregunté- ¿qué ciudad es aquélla que se divisa a la izquierda?

Sagacidad (así se llamaba mi acompañante) me respondió:

—Es la ciudad de Destrucción. Es grande y populosa, pero sus habitantes son muy perezosos y corrompidos.

—Ya me lo imaginaba -asentí. Una vez pasé por allí y me consta que son exactamente como los describe.

Sagacidad. —No le quepa duda. ¡Ya quisiera poder hablar mejor de ellos sin arriesgarme a mentir!

—Veo que es usted persona de buen criterio y amante de lo bueno.

¿Acaso ha oído usted hablar de lo que pasó hace algún tiempo en esa ciudad a un tal Cristiano, que emprendió una peregrinación hacia las regiones celestiales?

Sagacidad. –¡Ya lo creo! Y también de las muchas penalidades, luchas y dificultades que tuvo que enfrentar en el transcurso de su viaje. Además, su buena fama se ha divulgado por toda esta comarca. Pocas personas hay que, habiendo oído hablar de él y de sus hazañas, no se hayan entusiasmado con el relato de su peregrinación. Me consta que las noticias de su peligroso viaje han atraído a otros muchos a emprender el mismo camino; pues, si bien cuando estaba aquí todos le tenían por loco, ahora que se fue todo el mundo habla bien de él. Dicen que en el lugar donde está es sumamente feliz; hasta el punto que incluso muchos que no tienen el valor necesario para emprender el viaje y correr los mismos riesgos, ambicionan su bienestar.

—Su felicidad está fuera de toda duda, pues ahora vive cerca de la Fuente de la Vida, y por tanto, para él, el trabajo y el dolor han quedado atrás. Pero cuénteme usted, ¿qué dicen de él?

Sagacidad. –Cuentan de él cosas un poco extrañas. Unos afirman que viste ropas blancas[1], que lleva una cadena de oro alrededor de su cuello, y que ciñe su cabeza una diadema de oro engastada en perlas. Otros dicen que los Resplandecientes, que se le aparecieron a veces durante su viaje, son ahora sus compañeros, y que en el lugar donde mora, tiene tanta relación con ellos como la que aquí existe entre vecinos. Además, se da por cierto que el Rey de aquel país le ha proporcionado una residencia hermosísima en su corte[2]; que todos los días come y bebe, anda y habla con él[3] y que el Juez de todos le prodiga sonrisas y favores. Por otra parte, algunos afirman también que su Rey y Señor visitará en breve estas regiones, y averiguará el porqué sus vecinos le escarnecieron[4] y lo tuvieron tan en poco cuando tomó la resolución de ser peregrino. Pues, según dicen, Cristiano es ahora tan amado de su Soberano, que éste se ocupa personalmente de las afrentas de que fue objeto, hasta tal punto que las considera como inferidas a sí mismo[5]; y no es nada extraño, si consideramos que el amor que Cristiano sentía hacia Él fue lo que le indujo a emprender tan penoso viaje.

—Pues me alegro mucho. El pobre descansa ya de sus trabajos[6], y ahora siega con regocijo lo que sembró con lágrimas; ya está fuera del

---

[1] Apocalipsis. 3:4; 7:13.
[2] Zacarías. 3:7.
[3] Lucas 14:15.
[4] Judas 14:15.
[5] Lucas 10:16.
[6] Apocalipsis. 14:13.

alcance de sus enemigos[7]. Me alegra también saber que el rumor de estos sucesos haya hallado eco en esta comarca. ¡Es de esperar que influya positivamente en el bien de los que se han quedado! Por cierto, ¿qué se sabe de su esposa y de sus hijos? Los compadezco de verdad.

Sagacidad. —¿Se refiere a Cristiana y sus hijos? Con toda probabilidad pronto alcanzarán su mismo destino; pues si bien en un principio obraron neciamente y no se dejaron persuadir ni por las lágrimas ni por las súplicas de Cristiano al rogarles que le acompañaran, posteriormente reflexionaron y se han obrado en ellos maravillas, hasta el punto que han emprendido también el mismo viaje.

—¡Me parece estupendo! -dije. Pero... ¿está usted seguro de que todos ellos han tomado esta determinación?

Sagacidad. —Puede usted creerme, pues yo me encontraba en la ciudad precisamente cuando partieron, por lo que estoy al corriente de todos los detalles; y si ése es su deseo, mientras caminamos puedo ponerle al corriente de todos los pormenores.

Cristiana (tal es su nombre desde el día en que ella y sus hijos iniciaron la vida de peregrinación), una vez su marido hubo atravesado el río y dejó de tener noticias de él, se sumió en una profunda tristeza y su dolor la llevó a verter abundantes lágrimas, ya que con la decisión de su marido vio roto el profundo vínculo amoroso que los unía. ¿Cómo puede uno dejar de sentir tristeza y dolor al verse separado de sus seres queridos? Pero no fue ésa la única causa de su dolor. También comenzó a preguntarse si la dolorosa pérdida de su marido no sería acaso un castigo a su conducta poco decorosa y a lo mal que se había portado con él. Presa en este hervidero de pensamientos, vinieron a su memoria las asperezas que habían caracterizado su actitud y lo mal que había correspondido al cariño de aquél que nunca dejó de ser fiel compañero.

Abrumada en su corazón por tan tristes recuerdos, su amargura le llevó a recordar las amargas lágrimas, los ruegos y lamentos de su inconsolable esposo ante su obstinación a no querer acompañarle. No conseguía olvidar ni las palabras ni las actitudes de Cristiano mientras gemía abrumado bajo el peso de su carga, y ello le desgarraba el corazón. Vibraba en sus oídos, más que otra cosa, aquel doloroso grito que su marido solía lanzar una y otra vez: «¿Qué debo hacer para ser salvo?»

Incapaz de reprimir y soportar por más tiempo la angustia que la embargaba, lo puso en conocimiento de sus hijos, diciéndoles:

—Hijos míos, estamos perdidos. Por causa de mi pecado nos hemos visto separados de vuestro padre. Él me rogó reiteradamente que le

---

[7] Salmo 126:5,6.

acompañásemos, mas yo no quise ir, y con ello impedí que alcanzarais junto a él la vida eterna.

Al oír esto, los muchachos rompieron a llorar y le expresaron su deseo de ir en pos de su padre.

—¡Ojalá -exclamó Cristiana- hubiésemos tenido la dicha de acompañarle! Cuánta mejor suerte no hubiéramos tenido que la que ahora, probablemente, nos corresponderá; pues, si bien antes creía neciamente que los deseos y propuestas de vuestro padre procedían de un vano capricho o de una crisis de melancolía, ahora me consta que su origen era otro muy distinto; a saber: que había tenido el privilegio de ser iluminado por la Luz de las luces, con la ayuda de la cual escapó, según ahora me doy cuenta, de los lazos de la muerte.

—Y ¿qué será de nosotros? -exclamaron todos llorando amargamente.

La noche siguiente, Cristiana soñó que tenía frente a sí, abierto, un gran rollo de pergamino en el que estaban escritas todas sus acciones. El contenido de esta lista le pareció bastante negativo y sombrío, y -aunque dormida- no pudo menos de lanzar un grito desesperado diciendo:

—¡Señor, sé propicio a esta pobre pecadora![8]

Un grito que pudieron escuchar con claridad sus hijos. A continuación, le pareció distinguir al lado de su cama a dos personajes de muy mala catadura y aspecto inquietante que decían:

—¿Qué hacemos con esta mujer, que pide misericordia tanto dormida como despierta? Si dejamos que siga haciéndolo, la perderemos como ya perdimos a su marido. Es preciso distraerla de algún modo para que deje de pensar en la otra vida, pues de lo contrario, nada de este mundo podrá impedir que se convierta en peregrina.

Horrorizada y presa del pánico, Cristiana se despertó sudorosa y temblando; pero pronto se quedo dormida de nuevo y sus sueños tomaron otro cariz.

Esta vez le pareció ver a su esposo en la gloria, rodeado de seres inmortales, con una arpa en su mano que tañía delante de Alguien sentado en un trono y con un Arco Iris sobre su cabeza[9]. Después, lo vio inclinarse humildemente, volviendo su rostro hacia el escabel que había debajo de los pies del Rey[10], mientras exclamaba:

—Doy gracias con todo mi corazón a mi Señor y Rey por haberme traído a este lugar.

Entonces todos aquellos que había a su alrededor alzaron unánimes la voz y tañeron en sus arpas; pero nadie podía entender lo que decían, tan sólo Cristiano y sus compañeros.

[8] Lucas 18:13.
[9] Apocalipsis 4:3.
[10] Éxodo 21:10.

A la mañana siguiente, después de haber orado a Dios y charlar un rato con sus hijos, Cristiana oyó que llamaban con fuertes golpes a la puerta.

—Adelante -dijo- si viene usted en nombre de Dios.

—Amén -contestó el recién llegado; y abriendo la puerta, entró en la casa y les saludó diciendo:

—La paz sea en esta casa.

Luego, prosiguió diciendo:

—¿Conoces, Cristiana, la razón de mi visita?

El corazón de Cristiana ardía en deseos de saber de dónde y por qué venía el inesperado y misterioso visitante; pero, por prudencia, aunque la delataba el rubor su rostro, se quedó callada.

—Me llamo Secreto -dijo el visitante- y habito en las esferas celestiales. En aquel lugar corre el rumor de que anhelas dirigirte allí y que te pesa todo el mal que hiciste a tu marido, endureciendo tu corazón para no acompañarle y educando a estos tus hijos en la ignorancia. El Misericordioso me ha enviado a ti, Cristiana, para decirte que es un Dios pronto a perdonar y que se deleita en remitir ofensas. Además, te convida a entrar en su presencia y a sentarte a su mesa, donde te alimentará con las exquisitas viandas de su casa y te dará la heredad de Jacob tu padre.[11] Allí reside aquél que fue tu esposo, junto con legiones de compañeros, todos ellos espíritus redimidos que contemplan constantemente el rostro de su Dios y que se alegrarán al oír tus pisadas en el umbral de la casa de tu Padre.

Cristiana, bajando la cabeza, se sonrojaba cada vez más, pero su visitante prosiguió diciendo:

—Aquí tienes una carta que te traigo de parte del Rey.

La carta, que estaba escrita en letras de oro, desprendía un aroma delicioso.[12] Su contenido manifestaba el deseo del Rey de que Cristiana siguiese el ejemplo de su marido, por cuanto ése era el único modo para poder llegar a su ciudad y morar en su presencia con sempiterno gozo.

Presa de emoción, la mujer exclamó:

—¿Entiendo, pues, que viene usted para llevarnos consigo, a mí y a mis hijos, con el propósito de que vayamos a adorar al Rey en su morada?

El visitante respondió:

—Antes de alcanzar lo dulce, hay que pasar por lo amargo. Para llegar a la ciudad Celestial tendrás que sufrir penalidades y dificultades, como lo hizo tu marido, que te ha precedido. Haz lo mismo que él:

---

[11] Lucas 15:23.
[12] Isaías 58:14.

dirígete hacia aquella Puerta Estrecha que ves al otro extremo de la llanura; en ella principia el camino que has de seguir. Y que Dios te acompañe.

También te aconsejo que guardes esta carta en tu seno y la protejas con el mayor cuidado; leedla reiteradamente, tú y tus hijos, hasta que la sepáis de memoria, por cuanto es uno de los cánticos que debéis elevar durante todo el tiempo que dure vuestra peregrinación,[13] y además deberás entregarla a tu llegada a la puerta celestial.

(Vi también en mi sueño que el anciano, al contarme esto, se mostraba conmovido y fuertemente emocionado; pero, recobrando la tranquilidad, reanudó su narración).

Cristiana juntó de inmediato a sus hijos y les habló en estos términos:

—Hijos míos, desde hace algún tiempo, como ya habéis observado, mi alma está sumamente afligida a causa de la muerte de vuestro padre; no porque dude en lo más mínimo de su felicidad, pues estoy plenamente convencida de la dicha que ahora disfruta; sino más bien porque me preocupa la situación desesperada en que nos encontramos nosotros y, más que nada, por el recuerdo de mi mal comportamiento para con él. Ni accedí a acompañarle, ni dejé que vosotros le acompañarais. Ante la evidencia de mi culpa, el remordimiento corroe mi corazón; y, de no haber sido por el sueño agradable que tuve anoche y las gratas nuevas de esperanza que me acaba de traer este inesperado visitante, tanto me amargan estos tristes recuerdos, que acabaría por poner fin a mi existencia. Vamos, pues, hijos míos; dispongamos nuestro equipaje y marchemos de aquí hacia la Puerta que nos dará entrada al camino que nos llevará, según las leyes del país celestial, a donde está vuestro padre, para que vivamos eternamente, con él y con sus compañeros, en la paz celestial.

Viendo a su madre tan dispuesta, los niños rompieron a llorar con lágrimas de gozo.

El mensajero, cumplida su misión, se despidió de ellos, y Cristiana y sus hijos iniciaron los preparativos para el viaje.

---

[13] Salmo 119:54.

CAPÍTULO II

Cristiana recibe la visita de dos vecinas: Temerosa y Misericordia. Temerosa trata de disuadirla de su propósito, mientras que Misericordia se decide a acompañarla.

A punto estaban Cristiana y sus hijos de partir, cuando dos vecinas llamaron a la puerta.

—Entrad -dijo Cristiana- si venís en nombre de Dios. Ambas mujeres se quedaron atónitas, pues no estaban acostumbradas a que su vecina empleara semejante lenguaje. Con todo, entraron y, al verla haciendo su equipaje, le preguntaron:

—¿Qué significa esto?

—Estoy preparándome para un largo viaje -respondió Cristiana, dirigiéndose a la mayor de ellas, que se apellidaba Temerosa. (Esta tal Temerosa era hija de un personaje que Cristiano encontró en el collado Dificultad, y que trató de persuadirle para que retrocediera por temor a los leones).

Temerosa. —¿Para qué viaje?

Cristiana. —Para seguir a mi buen marido.

Y al decir esto, de nuevo se le llenaron los ojos de lágrimas.

Temerosa. —Espero que seas sensata y que no cometas semejante locura. Piensa en tus hijos, no seas necia.

Cristiana. —Mis hijos me acompañarán. Ninguno de ellos quiere quedarse aquí.

Temerosa. —¿Quién te ha metido en la cabeza esas ideas insensatas?

Cristiana. —¡Ay, amiga mía! Si supieras lo que yo ahora sé, estoy segura de que te vendrías también conmigo.

Temerosa. —¡Vamos a ver! ¿Qué clase de nueva revelación es ésta, que te induce a ponerte a mal con tus amigas y dejarte llevar por vanas quimeras?

Cristiana. —La partida de mi marido me dejó muy afligida, y sobre todo, desde que atravesó el río, he quedado sumamente acongojada. Lo que más me duele y me inquieta es lo indigno de mi conducta hacia él mientras gemía bajo el peso de su carga. Todo ello ha hecho que mi vida experimentara una importante transformación. Ahora siento la misma resolución que él sentía y quiero empezar cuanto antes mi peregrinación. Anoche soñé que le veía. ¡Cuánto deseo estar con él! Mora ya en presencia de su Rey; se sienta con Él y come en su mesa. Es compañero de seres inmortales, y el palacio más lujoso del mundo es como un muladar en comparación de la morada que le han proporcionado[14]. El propio Soberano me ha enviado un mensajero con la promesa de una acogida favorable si acudo a Él. Acaba de irse y me ha traído una carta de invitación.

Dicho esto, sacó la carta y se la leyó a sus vecinas, añadiendo a continuación:

—Decidme, pues: ¿Qué pensáis de esto?

Temerosa. —¿Que qué pienso? Pues que tu marido fue un necio y un mentecato por haberse aventurado a ese viaje de una manera tan temeraria, y que tú no le vas a la zaga. ¿Acaso no has oído de las enormes dificultades con que tropezó en su camino desde que decidió dar el primer paso? Nuestros vecinos Obstinado y Flexible pueden dar fe de ello, pues le acompañaron hasta que -como corresponde a hombres sensatos- tuvieron miedo de seguir adelante y decidieron abandonarle. Además, han llegado las nuevas de los enfrentamientos que tuvo con los leones, con Apollyón, con cosas horribles en Valle de Sombra-de-Muerte y otras muchas calamidades. Tampoco debes olvidar lo que le sucedió en la Feria de Vanidad; piensa, pues, que si él -que era hombre y fuerte- se vio en tales apuros, ¿qué crees que te va a suceder a ti, que no eres más que una débil mujer? Piensa en estos cuatro angelitos, que son tus hijos, carne de tu carne y hueso de tus huesos. Aunque no estimes en nada tu propia vida, ten compasión al menos de ellos, que son el fruto de tu vientre; sé sensata y quédate en casa.

Pero Cristiana le contestó en los siguientes términos:

—Es inútil cuanto digas, vecina Temerosa -replicó Cristiana. Se me ofrece una oportunidad única para alcanzar las riquezas eternas, y sería realmente necia si la despreciara. Por más que me recuerdas las penas y dificultades que probablemente encontraré por el camino (y te agradezco que lo hagas), todos los inconvenientes que me planteas, lejos de desanimarme, me convencen aún más de que tengo razón y de que he tomado la decisión acertada. Antes que lo dulce ha de venir lo amargo, pues lo amargo potencia y realza la dulzura de lo dulce. De modo que, viendo que está claro que no vienes en nombre de Dios, como te dije al recibirte, te ruego amablemente que te retires y me dejes en paz.

Al escuchar estas palabras, Temerosa -dolida y tras proferir contra su vecina algunas injurias- se dirigió a su compañera para decirle:

---

[14] Juan 14:2; 1ª Corintios 5:1-4.

–Vámonos, amiga Misericordia; ya ves que esa insensata rechaza nuestros consejos y desprecia nuestra compañía. Dejémosla a su suerte.

Pero Misericordia no se mostró dispuesta a marcharse tan precipitadamente, por dos razones: una, por el amor entrañable que sentía hacia su amiga Cristiana y que la impulsaba a decirse: "Si está tan decidida a marcharse, la acompañaré por lo menos un trecho y la ayudaré en lo que pueda". Pero también, porque no se sentía tampoco muy tranquila con respecto al destino de su propia alma, pues las palabras de Cristiana le habían impactado profundamente. De modo que, muy resuelta, replicó:

–No, Temerosa, me quedo con ella para hablar más pausadamente sobre este asunto; y si encuentro que dice la verdad y que no es víctima de ninguna alucinación, la acompañaré. Espero que no te lo tomes a mal, pero siendo que Cristiana se está marchando definitivamente del país, quiero acompañarla un trecho, aprovechando que la mañana es tan hermosa. (Pero de la inquietud que sentía con respecto a su alma, no le dijo nada).

Temerosa. –¡Vaya! Ya me doy cuenta de que a ti también te van las locuras; pero mira muy bien lo que haces antes de que sea demasiado tarde. El peligro hay que evitarlo, pues como bien dice el refrán, el que lo busca lo encuentra y finalmente en él perece. Ahí os quedáis.

Dicho esto, se separaron: Cristiana, para emprender su viaje; Misericordia, dispuesta a acompañarla por un tiempo; y Temerosa, regresó a su casa. Una vez allí, se puso en contacto con otras vecinas suyas: Obcecada, Inconsiderada, Liviandad e Ignorancia, a las que informó ampliamente de lo sucedido en casa de Cristiana y de su proyectado viaje.

–¡No os vais a creer lo que me ha sucedido! -les espetó Temerosa visiblemente alterada. Esta mañana, como tenía poco trabajo, fui de visita a casa de Cristiana. Al llegar a la puerta llamé, según nuestra costumbre, y me respondió:

–Si vienes en nombre de Dios, entra.

Entré, pues, sin sospechar que hubiese novedades; pero la encontré preparando el equipaje para marcharse de la ciudad con sus hijos. Le pregunté la razón, y, en resumidas cuentas, me dijo que había decidido ir en peregrinación como hizo su marido. Me contó también un sueño que había tenido y cómo el Rey del país en que ahora habita su esposo le había enviado una carta, que me leyó, invitándola a dirigirse allá.

Ignorancia. –¡No me digas! ¿Y piensas que irá?

Temerosa. –No te quepa la menor duda; pase lo que pase, irá. Y te diré por qué estoy tan segura: me dijo que lo que para mí era un argumento irrefutable para disuadirla de tal empresa (a saber: las penalidades y fatigas que de seguro encontrará en el camino), para ella era un mayor incentivo a emprender el viaje. Pues me dijo, literalmente: "Antes que lo dulce ha de venir lo amargo, pues lo amargo potencia y realza la dulzura de lo dulce."

Obcecada. –¡Vaya mujer ciega y alocada! ¿No ha escarmentado lo suficiente con las aflicciones de su marido? Estoy segura de que si él estuviera aquí de vuelta, estaría más que satisfecho de haber salvado el pellejo y no estaría ni mucho menos dispuesto a correr de nuevo tantos riesgos inútiles.

A continuación, tomó la palabra Inconsiderada, que se despachó a gusto diciendo:

–¡Por mí, ya pueden irse todos cuando quieran! Tanto Cristiana como todo ese hatajo de locos fanáticos que piensan como ella, cuanto antes se vayan, mejor. Más tranquilos nos quedaremos. Pues aunque se quedara, de seguir con semejantes ideas, no habría quien la aguantara ni nadie podría vivir tranquilo a su lado; pues, o bien estaría melancólica e irascible con los vecinos, o trataría de convencernos de cosas que nadie en su sano juicio está dispuesto a aguantar. Os prometo que no lloraré ni su partida ni su ausencia; que vaya en buena hora, y vengan otros mejores y más sensatos a ocupar su lugar. Desde que ese grupo de fanáticos caprichosos se han multiplicado tanto, el ambiente en la ciudad se ha deteriorado mucho.

La señora Liviandad, añadió a continuación:

–Mirad, lo mejor es que dejemos ese tema y hablemos de otra cosa. Ayer estuve en casa de doña Sensualidad, donde lo pasamos en grande y nos divertimos mucho. ¡Figuraos! Estaba la señora Amor-Carnal con otras tres o cuatro amigas, junto con el señor Lujurioso, la señora Impureza y muchos otros. Nos obsequiaron con música, danzas y todo cuanto podía contribuir a nuestro placer. Es evidente que la anfitriona es muy refinada y el señor Lujurioso es un caballero encantador. En fin, ¿qué puedo contaros...? ¡Fue una delicia!

CAPÍTULO III

Cristiana y Misericordia se dirigen a la Puerta-Estrecha, donde son bien recibidas.

Entretanto, Cristiana, acompañada de sus hijos y su amiga Misericordia, emprendieron su camino en dirección a la Puerta Estrecha. Mientras caminaban, entablaron la siguiente conversación:

Cristiana. —Amiga Misericordia, considero un favor inesperado el que hayas decidido hacerme compañía un rato.

Misericordia, que era todavía muy joven, respondió:

—Si pudiera convencerme de que vale la pena, os acompañaría todo el camino y no volvería jamás a la ciudad de donde hemos salido.

Cristiana. —No temas, y une tu suerte a la nuestra; pues yo tengo absoluta certeza de cuál va a ser el destino de nuestra peregrinación. Mi marido no cambiaría su suerte por todo el oro del mundo. Y no creo que seas rechazada, por más que sea yo quién te ha invitado a venir. El Rey, que nos ha enviado a buscar, es todo misericordia. Además, si no te importa, puedo decir que me acompañas en carácter de sirvienta; estoy dispuesta a hacer lo que sea y a compartirlo todo, con tal de que me acompañes.

Misericordia. —Pero, ¿quién puede asegurarme que seré recibida? Si se me ofreciese y garantizase esta esperanza de algún modo, te aseguro que por difícil y duro que fuese el camino, iría contigo sin pensarlo un instante, confiando en la ayuda del Todopoderoso.

Cristiana. —Pues escúchame, querida amiga Misericordia, y haz lo que te digo. Ven conmigo hasta la Puerta Estrecha, y una vez allí, preguntaremos con respecto a ti. Si no te reciben, aceptaré que regreses a la ciudad. Además, recompensaré generosamente la bondad que has demostrado para conmigo y mis hijos al acompañarnos de este modo.

Misericordia. —Tienes razón, iré con vosotros hasta la Puerta Estrecha y me atendré a lo que resultare, sea lo que sea. ¡Ojalá que el Señor del Reino sea benévolo conmigo!

Cristiana se alegró mucho al escuchar esto, y no sólo porque de ese modo contaba con una compañera, sino también por haber logrado persuadir a aquella joven de que se ocupara de su propia salvación.

Cuando habían caminado un trecho, de pronto, Misericordia comenzó a llorar.

—¿Por qué lloras? -le preguntó su compañera.

Misericordia. —¡Ay, querida amiga! ¿Cómo no afligirme al pensar en la triste situación en que han quedado mis pobres parientes, que aún permanecen en nuestra ciudad pecaminosa? Y lo que agrava mi dolor es saber que no tienen a nadie que les instruya y les advierta del peligro que corren y de lo que les va a suceder.

Cristiana. —Buena cosa es para los peregrinos el compadecerse de los demás. Ahora sientes por los tuyos lo que mi buen esposo, Cristiano, sentía por mí; se afligía y lamentaba que no le hiciera caso; pero su Señor y el nuestro recogió sus lágrimas y las puso en su redoma[15]; y ahora tú y yo, y estos queridos niños, sacamos el fruto y el provecho de ellas. Estoy segura de que tus lágrimas tampoco se perderán, pues la Palabra nos dice:

«Los que sembraron con lágrimas, con regocijo segarán. Irá andando y llorando el que lleva la preciosa semilla; mas volverá a venir con regocijo, trayendo sus gavillas»[16].

Al escuchar estas palabras, Misericordia comenzó a cantar:

Sea el Bendito mi guía,
si es su santa voluntad,
hacia la puerta del cielo,
monte de su Santidad.
Y no me permita nunca
de sus caminos salir,
ni vagar extraviada
aunque tenga que sufrir.
Recoja a todos los míos
que detrás de mí dejé;
haz, Señor, que tuyos sean,
llenos de amor y de fe.

Cuando Cristiana llegó al Pantano del Desaliento, y recordó el peligro en que estuvo su esposo de perecer ahogado en el fango, sintió que su ánimo vacilaba por un instante y sus fuerzas la abandonaban. El camino estaba lleno de dificultades y peligros, y a pesar de las órdenes del Rey de que lo repararan y lo hiciesen lo más transitable posible, estaba peor que antes, cuando lo atravesó Cristiano.

---

[15] Salmo 56:8.
[16] Salmo 126:5,6.

Llegando a este punto, interrumpí por un momento a mi anciano compañero de viaje en su relato para preguntarle si era cierto lo del Pantano y el mal estado del camino que lo atravesaba.

—¡Ya lo creo! -me respondió. Por desgracia, demasiado cierto. La causa es que muchos, fingiéndose obreros del Rey, dicen que se ocupan de la reparación del camino y, sin embargo, en vez de piedras echan barro y estiércol, dejándolo todavía peor de lo que estaba en lugar de mejorarlo, como es su deber.

Y prosiguió su relato, diciendo:

—Ante los obstáculos que se le planteaban, Cristiana y sus hijos se detuvieron por un momento, vacilando; pero entonces Misericordia, demostrando más valor que ellos, les dijo:

—No desconfiemos y sigamos adelante con precaución.

Alentados por estas palabras se internaron en el Pantano, haciendo grandes esfuerzos para atravesar el lodazal. Cristiana estuvo varias veces en peligro inminente de hundirse en el cieno, pero finalmente consiguieron ganar la orilla opuesta y, una vez a salvo, creyeron oír una voz que les decía:

—«Bienaventurada la que creyó, porque se cumplirán las cosas que le fueron dichas de parte del Señor.»[17]

Comenzaron de nuevo a caminar, y Misericordia hizo la siguiente observación:

—Si tuviese, como tú, la certeza de ser acogida al llegar a la Puerta Estrecha, te aseguro que ningún Pantano del Desaliento bastaría para desanimarme.

—Está bien -le respondió Cristiana. Cada uno conoce sus debilidades y fortalezas: tú las tuyas y yo las mías; piensa que no es éste el único obstáculo que tendremos que salvar antes de llegar al término de nuestro viaje. Los que nos hemos propuesto alcanzar tan excelente gloria, seremos hostigados por los que nos aborrecen y envidian nuestra felicidad, créeme.

Cuando llegamos a este punto, el anciano Sagacidad, que me venía contando la historia, se despidió de mí. Pero yo seguí soñando. Y vi, en mi sueño, a las peregrinas acercarse a la Puerta. Una vez en ella, comenzaron a debatir la mejor manera de llamar y lo que habrían de decir al Portero. Finalmente, llegaron a la conclusión de que lo mejor sería que Cristiana, por ser la mayor, llamase en nombre de todos y expusiese sus deseos al Portero. De modo que comenzó a llamar, dando fuertes y repetidos aldabonazos como había hecho su esposo. Pero, por única contestación, escucharon los ladridos y aullidos de lo que imaginaron como un perro enorme, lo cual les llenó de espanto; y por

---

[17] Lucas 1:45.

un tiempo no se atrevieron a llamar de nuevo, por temor a que el mastín se les echara encima. Al poco, comenzaron a sentirse perturbadas de espíritu, no sabiendo qué hacer; no osaban llamar a causa del perro, pero tampoco se atrevían a retroceder por temor a que el guardián de la Puerta las viese y se enojara con ellas. Finalmente, se decidieron a llamar de nuevo y lo hicieron con más fuerza y vehemencia que al principio. Esta vez sí hubo respuesta.

—¿Quién va? -exclamó el Portero. El perro, oyendo su voz, cesó de ladrar, y se abrió la puerta.

Cristiana. —(Inclinándose con ademán de reverencia) No se enoje mi Señor con sus siervas, por haber tenido la temeridad de llamar a su real puerta.

—¿De dónde venís? -les preguntó el Portero- ¿Qué queréis?

Cristiana. —Venimos -le dijo- del mismo lugar del que vino Cristiano, el peregrino, y con el mismo objeto; esto es: que, si os place, se nos dé entrada por esta Puerta a la vía que conduce a la Ciudad Celestial. Y a la segunda pregunta, le contesto a mi Señor que soy Cristiana, en otro tiempo esposa de Cristiano, el cual ha alcanzado ya la gloria.

Maravillado, el Portero exclamó:

—¡Cómo! ¿Es ahora peregrina aquélla que hace poco aborrecía con toda su alma semejante estilo de vida?

—Así es, Señor -contestó Cristiana inclinando de nuevo la cabeza- y también lo son éstos, mis hijos.

Entonces el Portero la tomó de la mano y la introdujo al otro lado de la puerta, al tiempo que decía:

—Dejad a los niños venir a mí.[18] Y dicho esto, cerró la puerta. Inmediatamente dio órdenes a un pregonero que había en la azotea, sobre el portal, para que anunciara su venida con aclamaciones de júbilo y sonido de trompetas,[19] mandato que fue ejecutado al instante, de modo que los aires resonaron con sus notas melodiosas.

Entretanto, la pobre Misericordia permanecía fuera, al otro lado de la puerta, temblando y llorando, creyendo que había sido rechazada. Pero Cristiana, en cuanto tuvo la certeza de haber sido admitida juntamente con sus hijos, comenzó a interceder en favor de su amiga, diciendo:

—Señor mío, queda allí afuera, al otro lado de la puerta, una compañera mía que viene con el mismo intento que nosotros; está sumamente abatida de ánimo porque viene, según ella cree, sin ser invitada, mientras que yo he sido llamada por el Señor de mi marido.

Pero Misericordia, que comenzaba a impacientarse y a quien cada minuto que pasaba le parecía una hora, impidió a Cristiana seguir in-

[18] Mateo 19:14.
[19] Lucas 15:7.

tercediendo, puesto que comenzó a llamar ella misma a la puerta con tan fuertes golpes que Cristiana se sobresaltó al oírlos.

—¿Quién llama de ese modo? -preguntó el Portero.

—Es mi amiga -dijo Cristiana.

Entonces, abriendo la puerta, el Portero miró afuera y vio que Misericordia había caído desmayada, temerosa de no ser recibida. Inclinándose, la cogió de la mano y le dijo:

—Muchacha, levántate.

—¡Ah, Señor! -balbuceó Misericordia volviendo en sí. Estoy muy desfallecida, apenas me queda un soplo de vida.

Pero el buen Señor le respondió:

—Uno ha dicho: «Cuando mi alma desfallecía dentro de mí, me acordé de Jehová, y mi oración llegó hasta ti en tu santo templo».[20] No temas, levántate y dime por qué has venido.

Misericordia. —Vengo, Señor, en busca de aquello a lo que no he sido llamada, como ha sido mi amiga. Su invitación fue de parte del Rey; la mía no ha sido sino de parte de ella. Por eso temo ser rechazada.

Portero. —¿Te rogó ella que vinieses hasta aquí en su compañía?

Misericordia. —Sí, me invitó; y como mi Señor puede ver, he aceptado. Si la gracia y el perdón pueden extenderse hasta mí, suplico que le sea permitido, a esta vuestra humilde sierva, participar de estas bendiciones.

Tomándola de nuevo por la mano, el Portero la introdujo cariñosamente al otro lado de la puerta, diciendo:

—Intercedo en favor de todos los que creen en mí, cualquiera que sea la manera como acudan.

Entonces, dijo a los que le acompañaban:

—Traed alguna hierba aromática y dádsela para que se reponga de su desmayo.

Le trajeron, pues, un manojo de mirra y al inhalarla volvió pronto en sí. De este modo Cristiana, sus hijos y Misericordia, fueron recibidos por el Señor de la Puerta, que les habló con benignidad al iniciar su camino de peregrinación.

—Nos arrepentimos -añadieron ellas- de nuestros pecados; y pedimos a nuestro Señor que nos otorgue el perdón y nos informe con más amplitud de lo que nos conviene hacer.

—Tenéis concedido el perdón -respondió el Señor de la Puerta- por palabra y por hecho: por palabra, en la promesa de la remisión de pecados; por hecho, en la manera como lo conseguí para vosotros. Recibid ahora de mis labios un beso,[21] y lo demás ya os será oportunamente revelado.

---

[20] Jonás 2:7.
[21] Cantares 1:2.

CAPÍTULO IV

Los peregrinos son agasajados por el Portero. Al continuar su camino las mujeres son molestadas por dos villanos, pero oportunamente socorridas por Auxiliador.

Después de esto, vi que su Señor les hablaba con palabras consoladoras que los colmaron de alegría. También les condujo a una azotea que había sobre la puerta, desde la cual podían distinguir, a lo lejos, una visión de la causa por la que se habían salvado.

–La misma visión -añadió el Portero- se os ofrecerá, para vuestro consuelo, de nuevo durante el camino. Después los dejó solos en una sala de verano, por un tiempo, para que recuperaran fuerzas; y estando allí, iniciaron entre ellos la siguiente conversación:

Cristiana. –¡Gracias al Señor! ¡Cuánto me alegro de haber entrado aquí!

Misericordia. –Pues si tú sientes motivos para estar contenta, ¡imagínate yo! Tengo razones más que sobradas para brincar de alegría.

Cristiana. –Por un momento, mientras estábamos frente a la puerta después de haber llamado sin que nadie contestara, temí que nuestros esfuerzos para llegar hasta aquí hubieran sido inútiles, especialmente cuando escuché cómo aquel perro fiero lanzaba sus aullidos.

Misericordia. –Sí, también a mí el temor me asaltó el corazón, sobre todo cuando vi que te habían recibido a ti, mientras que yo quedaba afuera. Ahora -pensé- se ha cumplido lo que está escrito: «Estarán dos mujeres moliendo en un molino, la una será tomada y la otra será dejada».[22] Tuve que contenerme para no gritar: ¡Ay de mí, que soy muerta! Por un tiempo me quedé cabizbaja, no me atreví a llamar de nuevo; pero en cuanto alcé los ojos, me fijé en lo que está escrito sobre la puerta y recobré el ánimo. Entonces me pareció que si no llamaba otra vez iba a morir, de modo que llamé, pero no puedo decirte cómo, porque mi espíritu se debatía entre la vida y la muerte.

Cristiana. –¿Que no sabes cómo llamaste, dices? Con unos golpes tan fuertes que me hicieron estremecer. Nunca en mi vida había escuchado semejantes aldabonazos; llegué a pensar que tenías intención

---

[22] Mateo 24:41.

de derribar la puerta y entrar por la fuerza. O que ibas a «arrebatar el reino».[23]

Misericordia. —¡Ay! ¿Quién, en semejante situación, habría obrado de otra manera? Ya viste que la puerta se había cerrado ante mis narices y que, además, por allí merodeaba un perro rabioso. ¿Quién, dime, a pesar de ser tan tímida como yo, no hubiera llamado con todas sus fuerzas? Pero ¿qué dijo el Señor respecto a mi osadía? ¿Se enfadó conmigo?

Cristiana. —No. Cuando oyó el estruendo que, en tu desespero, hiciste al llamar a la puerta, se le escapó una sonrisa cariñosa. Creo que tu importunidad le agradó más que otra cosa, pues no hizo ningún gesto de desagrado. Pero me extraña mucho que tenga un perro tan feroz; de haberlo sabido, temo que no habría tenido valor para aventurarme a llamar como lo hice. Pero ahora ya estamos dentro, y me alegro de todo corazón.

Misericordia. —Si te parece, cuando bajemos le pregunto por qué tiene un perro tan feroz; espero que no lo tomará a mal.

—¡Sí, sí, por favor! -dijeron los niños. Y si puedes, trata de convencerle de que se deshaga de él, porque nos da mucho miedo de que nos muerda cuando salgamos de aquí.

Así, cuando bajaron, Misericordia se postró de nuevo delante del Señor de la Puerta, diciendo:

—Que mi Señor se digne aceptar el sacrificio de alabanzas que ahora le ofrezco.

—La paz sea contigo. Levántate -le respondió él.

Pero ella siguió arrodillada, y añadió:

—Justo eres tú, oh Señor, aunque yo me atreva a discutir tus juicios[24]. ¿Por qué guarda mi Señor en su corral un perro tan feroz, a la vista del cual mujeres y niños, como nosotros, huyen atemorizados de la puerta?

—El perro -respondió- no es mío; está detrás de la muralla de otra propiedad, de modo que mis peregrinos sólo oyen sus ladridos. Pertenece al Castillo que se ve un poco más allá en la distancia, pero puede acercarse fácilmente hasta estos muros. Sus ladridos y aullidos han espantado, para bien, a muchos peregrinos sinceros, forzándoles a llamar. En realidad, su dueño no lo tiene por buena voluntad hacia mí, sino todo lo contrario: para tratar de impedir a los peregrinos venir a mí, infundiéndoles temor para que no llamen a esta puerta. En alguna que otra ocasión se ha escapado y ha acosado y maltratado a alguno de mis amados. Por ahora, lo soporto con paciencia; aunque trato de

[23] Mateo 11:12.
[24] Jeremías 12:1.

proporcionar a los míos la protección y ayuda necesarias para que no caigan en sus garras y haga con ellos lo que quiera, según lo malévolo de su naturaleza. Pienso, sin embargo, que aun sabiendo eso de antemano, no hubieras tenido miedo de un perro, ¿no es verdad? Todos los que van mendigando de puerta en puerta saben que se exponen a los perros; pero antes que perder una limosna, corren el riesgo de aguantar sus ladridos y aun sus mordiscos. ¿Por qué, pues, habríais de tener miedo de un perro que está en corral ajeno y cuyos ladridos vuelvo en provecho de los peregrinos? «Libra del poder del perro mi vida; me salva de la boca del león».[25]

Misericordia. –Confieso mi ignorancia: he cometido la torpeza de hablar de lo que no sabía ni comprendía; reconozco que todo lo hacéis bien.

Cristiana comenzó entonces a hablar de su viaje y a pedir información sobre el camino. El Señor, después de darles de comer, les lavó los pies y luego les enseñó el camino, tal como antes lo había hecho con Cristiano. Cuando se pusieron de nuevo en marcha, al ver que el tiempo les favorecía, Cristiana, gozosa, comenzó a cantar:

> *Bendito por siempre el día*
> *en que mi marcha empezó;*
> *y bendito sea el hombre*
> *que a iniciarla me movió.*
> *Largos años transcurrieron*
> *sin tener vida ni paz;*
> *ahora corro cuanto puedo,*
> *tarde es mejor que jamás.*
> *Llanto en gozo, miedo en calma,*
> *se cambian al empezar;*
> *si el principio es tan hermoso,*
> *más hermoso el fin será.*

Al otro lado del vallado que protegía la senda por donde caminaban, había un huerto propiedad del dueño del perro al que antes me he referido, y algunos de los árboles frutales del huerto extendían sus ramas por encima del muro; y como fuere que la fruta era de hermoso aspecto, sucedía a veces que algunos viajeros se sentían tentados a echar mano de ella, con notable riesgo -como veremos- para su integridad y salud. Los niños, pues, movidos por el instinto propio de la juventud y prendados de las frutas, agarraron algunas y empezaron a comer, a pesar de las represiones de su madre.

---

[25] Salmo 22:20; 35:17.

—Hijos míos -les dijo-, lo que estáis haciendo no está bien, porque esa fruta no es nuestra.

Eso les decía, ignorando incluso que la fruta pertenecía al enemigo; de haberlo sabido, hubiera muerto de miedo.

Nuestros peregrinos prosiguieron su camino, y por un tiempo no sucedió nada desagradable. Pero en cuanto se hubieron alejado un poco de la puerta, divisaron a dos individuos de muy mal aspecto que venían corriendo a su encuentro. Al verlos, las dos mujeres se cubrieron la cabeza con sus velos y siguieron andando, con los niños delante. AI cruzarse con ellas, los hombres hicieron ademán de abrazarlas.

—¡Atrás! -exclamó Cristiana. Seguid vuestro camino como personas honradas.

Pero los recién llegados, haciendo oídos sordos a las protestas de ambas mujeres, comenzaron a acariciarlas y a tocarlas. Cristiana, encendida en cólera, les rechazó con un puntapié, mientras que Misericordia hacía lo que podía para quitárselos de encima.

—Dejadnos en paz -gritó de nuevo Cristiana, alterada. No tenemos dinero; somos peregrinas, como podéis ver, y vivimos de la caridad de nuestros amigos.

—No buscamos dinero -aclaró uno de los asaltantes. Pero si nos concedéis un poco de lo que os pedimos, os convertiremos en mujeres de fortuna.

Cristiana, que adivinó sus intenciones, contestó:

—No os escucharemos, ni atenderemos a vuestras razones, ni accederemos a vuestros ruegos. Tenemos mucha prisa y no podemos detenernos; del éxito de nuestro viaje depende la vida o la muerte.

Dicho esto, ambas mujeres redoblaron sus esfuerzos para quitárselos de encima y apretar el paso, pero los villanos se lo impidieron.

—No es nuestra intención atentar contra vuestra vida -replicaron los desconocidos. Es otra cosa lo que queremos de vosotras.

Cristiana. -Sí, ya sé lo que buscáis: queréis poseernos en cuerpo y en alma. Pues sabed que antes moriremos aquí mismo que caer en vuestras redes, que pondrían en peligro nuestro bienestar eterno.

De inmediato, ambas mujeres se pusieron a gritar con todas sus fuerzas:

—¡Socorro! ¡Asesinos! ¡A ellos!

Tratando así de ponerse bajo el amparo de las leyes de resistencia que se han establecido para la protección de la mujer.[26] Y viendo que los malvados no desistían de su propósito, redoblaban sus gritos y peticiones de auxilio.

---

[26] Deuteronomio, 22:23,27.

Como fuere que no estaban todavía muy lejos de la puerta, sus gritos pidiendo auxilio llegaron hasta allí. Y reconociendo la voz de Cristiana, salieron apresuradamente en su ayuda. Al llegar al lugar donde se encontraban, el Auxiliador encontró a las mujeres acurrucadas, tratando de defenderse del asalto con todas sus fuerzas, mientras los niños lloraban a su lado.

—¿Qué villanía es ésta que pretendíais cometer? -dijo Auxiliador dirigiéndose a los rufianes. ¿Tratábais de obligar a las siervas del Señor a pecar?

Dicho eso, intentó aprisionarlos; pero ellos salieron huyendo, treparon por el vallado y se refugiaron en el huerto del propietario del perro, que se convirtió en su protector. Al preguntar Auxiliador a las mujeres cómo estaban, contestaron:

—Bien, aunque sólo gracias a tu Señor. Hemos tenido un gran susto. Mucho te agradecemos que hayas venido en nuestro auxilio, pues de otro modo hubieran acabado por vencernos.

Tras unas breves palabras, Auxiliador les dijo:

—Mucho me extrañó, cuando os hospedasteis en la Puerta, que siendo frágiles mujeres no solicitarais al Señor los servicios de un guía, pues es seguro que hubiera accedido a vuestro ruego y de ese modo habríais evitado estos peligros y contratiempos tan desagradables.

Cristiana. —¡Ay! Estábamos allí tan extasiadas por las bendiciones que acabábamos de recibir, que olvidamos pensar en los peligros del camino. Además, ¿quién iba a imaginar que tan cerca del palacio del Rey merodearan semejantes bribones? Ciertamente, hemos hecho mal en no solicitar un guía; pero, sabiendo el Señor que nos sería necesario, también es un poco extraño que no nos lo ofreciera.

Auxiliador. —No siempre es conveniente otorgar aquellas cosas que no se piden, para evitar que sean menospreciadas y se tengan en poco; únicamente cuando alguien siente necesidad de una cosa, es que aprende a valorarla como corresponde y a valerse de ella. Si mi Señor os hubiera concedido el beneficio de un guía, no habríais reparado en vuestra debilidad; ni tampoco os habríais dado cuenta, como ahora ha sucedido, de vuestro descuido al no pedírselo. De modo que, como veis, todas las cosas contribuyen a vuestro bien y sirven para haceros más precavidas y cautelosas.

Cristiana. —¿Qué hacemos? ¿Regresamos a nuestro Señor para confesarle nuestro error y pedirle un guía?

Auxiliador. —Yo mismo le transmitiré vuestra confesión y vuestra petición. No tenéis necesidad de volver atrás, porque no os faltarán recursos en los lugares donde llegaréis. En cada una de las hospederías que mi Señor ha preparado para el alojamiento de sus peregrinos, a lo largo del camino, disponen de todo lo necesario para vuestra protección contra cualquier peligro. Pero -como os he dicho- para contar con esa ayuda es necesario que los peregrinos la soliciten,[27] pues aquello que alguien no considera necesario pedir, es porque lo considera de escaso valor.

Dicho esto, los dejó solos para que continuaran su viaje.

Misericordia. –¡Qué desengaño! Me había hecho la ilusión de que, traspasada la puerta, estábamos ya fuera de todo peligro y que la tristeza no nos alcanzaría ya más.

Cristiana. –Tu inocencia, hermana, fruto de tu juventud, te disculpa. Pero, por lo que a mí corresponde, mi responsabilidad y mi culpa son tanto mayores, por cuanto anticipé estos peligros antes de salir de casa; y a pesar de ello, cuando estaba alojada en lugar seguro, donde podía pedir protección y disponer de los medios necesarios para defenderme, los pasé por alto y no me precaví contra ellos. Por eso, ahora merezco mayor represión.

Misericordia. –¿Cómo podías saber que nos sucedería esto antes de emprender la marcha? Aclárame este enigma.

Cristiana. –Te lo diré. La noche antes de partir, cuando me hallaba tan agobiada de dolor por el remordimiento, tuve un sueño. En él, vi a dos hombres al pie de mi cama, que se corresponden en todo y por todo con estos dos sinvergüenzas que nos han atacado. Conspiraban sobre la manera de arruinar mi alma e impedir mi salvación.

"¿Qué haremos con esa mujer -decían- puesto que dormida sigue pidiendo perdón, igual que lo hace cuando está despierta? Si la dejamos seguir de este modo, se nos escapará de las manos, como se nos escapó su marido."

Esto debiera haber sido suficiente para alertarme y hacerme más cautelosa, llevándome a protegerme adecuadamente cuando tenía a mano lo necesario para conjurar el peligro.

Misericordia. –Buena lección hemos tenido con este desagradable suceso; mejor nos valga para aprender la realidad de nuestras imperfecciones. Y a la vez, nuestro Señor ha aprovechado la circunstancia para hacernos patentes las riquezas de su gracia, deparándonos favores no solicitados y librándonos, bondadoso, de manos de enemigos más fuertes y poderosos que nosotras.

---

[27] Ezequiel 36:37.

CAPÍTULO V

Los peregrinos llegan a la casa del Intérprete y reciben importantes enseñanzas alegóricas: los peligros de la mente carnal; obtención de bendiciones sublimes inmerecidas a través de la fe; las voces de Dios; la mansedumbre; diversidad de dones y gracias; necesidad de llevar fruto; tendencias mundanas de los hipócritas.

Iban nuestras dos peregrinas conversando sobre tales cosas mientras se acercaban, poco a poco, a una de las casas construidas en beneficio de los peregrinos. Era la casa de Intérprete, donde Cristiano tuvo un recibimiento tan afectuoso. Al llegar a la puerta, oyeron un susurro de voces, y aguzando el oído para ver si conseguían escuchar la conversación, creyeron distinguir, entre otras palabras, el nombre de Cristiana.

Debo aclarar, con respecto a esto, que el rumor de que ella y sus hijos habían emprendido el camino de peregrinación les había precedido, y había causado no poca admiración en la casa de Intérprete saber que la esposa de Cristiano -aquélla que hasta hacía poco tiempo no quería ni tan siquiera oír hablar de las cosas celestiales- había emprendido el peregrinaje y estaba ahora a punto de llegar a su puerta.

Mientras permanecían inmóviles y silenciosas detrás de la puerta, escucharon, pues, cómo los habitantes de la casa alababan su decisión y su conducta, ignorantes de que la causa de sus elogios acababa de llegar. Finalmente, Cristiana cobró el ánimo suficiente y se decidió a llamar, como antes había hecho en la Puerta Estrecha. Les abrió la puerta una doncella llamada Inocente que, al ver a las dos mujeres, les preguntó:

–¿Con quién deseáis hablar?

Cristiana. –Nos han dicho que éste es un lugar privilegiado de acogida para peregrinos, y nosotros lo somos; rogamos, pues, que se nos acoja y se nos dé hospedaje, porque el día toca ya a su fin y no quisiéramos ir más lejos en la oscuridad de la noche.

Inocente. –¿A quién debo anunciar?

Cristiana. –Me llamo Cristiana. Fui la esposa de aquel peregrino que hace algunos años pasó por aquí, y éstos son sus cuatro hijos. Esta joven que me acompaña es una amiga, y va también en peregrinación.

Al escuchar esto, Inocente entró apresuradamente en la casa y dijo:

Inocente. –¡No vais a creer quién está en la puerta: Cristiana, con sus hijos, y una compañera suya! Vienen pidiendo alojamiento.

Llenos de gozo y alegría, los criados de la casa fueron todos juntos a comunicar la noticia al dueño, quien, acudiendo a la puerta, preguntó a la recién llegada si era cierto que era la esposa de Cristiano.

Cristiana. –Así es, señor -le confirmó-. Soy aquella mujer tan dura de corazón, tan indiferente a las penas de su marido, que le dejó que emprendiera solo su viaje. Soy yo, y éstos son sus cuatro hijos. Vengo, porque ahora estoy convencida de que éste camino es el único que conduce al bien.

Intérprete. –Contigo se ha cumplido aquello que está escrito del hombre que dijo a su hijo: «Ve hoy a trabajar en mi viña; y respondiendo él, dijo: No quiero; mas después, arrepentido, fue».[28]

Cristiana. –¡Así sea, amén! Quiera Dios que esto se cumpla en mí, y que sea al fin hallada de Él en paz, intachable e irreprensible.

Intérprete. –Pero ¿por qué te quedas a la puerta? Entra, hija de Abraham. Hace poco estábamos precisamente hablando de ti, porque habíamos recibido noticias acerca de tu peregrinaje. Entrad todos -dijo-; y dicho esto, los introdujo en la casa.

Tras un breve período de descanso, los habitantes de la casa se presentaron, uno a uno, a los huéspedes. La satisfacción que sintieron al ver que Cristiana había emprendido el camino del peregrinaje, se dibujaba de forma evidente en sus semblantes: acariciaron a los niños, trataron con esmerado cariño a Misericordia, y a todos ellos dieron -a cada uno personalmente- la bienvenida a la casa de su Señor.

Mientras les preparaban la cena, Intérprete les enseñó los elementos alegóricos que Cristiano había contemplado con tanto provecho cuando estuvo alojado en la casa. Así pues, pudieron ver al hombre enjaulado, al soñador, al valiente que se abría paso en medio de sus enemigos, el cuadro del guía fiel, y otras muchas cosas instructivas.

Después que los peregrinos meditaran pausadamente sobre el significado de cada una de estas cosas, Intérprete los condujo a una habitación en la que había un hombre con la mirada fija en el suelo; tenía en la mano un rastrillo, pero como era incapaz de mirar hacia arriba, no alcanzaba a ver que por encima de él había un personaje con una corona celestial en la mano, que se la ofrecía a cambio de su rastrillo. El pobre desgraciado, sin molestarse en levantar la mirada, seguía es-

---

[28] Mateo 21:28,29.

carbando en el suelo con el rastrillo para recoger la paja y las astillas entre el polvo.

Cristiana. –Me parece entender algo del significado de esto. Es la figura de un hombre mundano, ¿no es verdad?

Intérprete. –Has acertado. Y su rastrillo pone de manifiesto su mente carnal. Prefiere ocuparse en recoger las pajas y basuras de este mundo que escuchar la voz de Aquél que lo llama desde arriba, ofreciéndole la corona celestial. Sirve como ejemplo de cómo algunos piensan que el cielo no es más que un mito, un lugar de fábula inexistente; por causa de ello, se afanan en las cosas materiales, convencidos de que son las únicas tangibles y que valen la pena. El que ese hombre solamente pueda mirar hacia abajo, es para enseñaros que las cosas terrenas, cuando se apoderan del espíritu del hombre, alejan su corazón de Dios.

Cristiana. –¡Líbreme el Señor de agarrar jamás ese inmundo rastrillo!

Intérprete. –Esa petición que acabas de hacer, es necesaria y sabia en extremo. Pero lamentablemente ha quedado arrinconada, casi olvidada por completo. Apenas uno entre diez mil hace la súplica de: «No me des riquezas».[29] Para la mayoría de los hombres, las pajas, astillas y polvo de este mundo son los objetos de más valor, porque son lo actual e inmediato.

Cristiana y Misericordia. –(Llorando) ¡Es muy triste, pero absolutamente cierto!

Después de esto, Intérprete les enseñó la mejor habitación de la casa: una estancia hermosísima, donde les dijo que mirasen con atención a su alrededor para ver si lograban descubrir algo que les fuera de provecho. En seguida miraron atentamente por todas partes, pero sólo había una enorme araña colgada de la pared, y de ésta no hicieron caso.

–No veo nada de particular -exclamó Misericordia sorprendida. Mientras, Cristiana callaba.

Intérprete le dijo a Misericordia que mirara de nuevo con más atención, y finalmente ella dijo:

–Aquí no hay nada, sólo una araña muy fea, colgada de la pared.

–¿Una sola araña habéis visto en toda esta habitación tan amplia? -les preguntó de nuevo Intérprete.

Entonces las lágrimas inundaron los ojos de Cristiana, que era una mujer de evidente ingenio, muy aguda y perspicaz, y dijo:

–No, señor: aquí hay más de una araña; aquí hay muchas arañas, y son arañas cuyo veneno es mucho más dañino y mortífero que el de aquélla que está colgada de la pared.

---

[29] Proverbios 30:8.

–Tienes razón -contestó Intérprete mirándola con agrado.

Al escuchar esto, a Misericordia le fluyó la sangre en las mejillas, y se puso roja como un tomate; los niños, por su parte, también se cubrieron la cara, pues empezaban a entender el enigma.

Intérprete. –La araña se cuelga de sus patas (como podéis ver), y habita en los palacios de los reyes.[30] ¿Por qué creéis que se ha escrito esto sino para enseñaros que, a pesar de que estéis llenos del veneno del pecado, con las patas de la fe podéis asiros de las paredes de la mejor habitación del palacio del Rey celestial y morar en ella?

Cristiana. –Me había pasado por la mente algo parecido, pero no acababa de esclarecerlo del todo. Imaginaba más bien que el simbolismo era que, al igual que las arañas son muy feas, debido a nuestra fealdad moral afeábamos todo lo que hay a nuestro alrededor, por lujosa y soberbia que fuese la habitación en que nos encontráramos. Pero no había caído en pensar que de este venenoso y repugnante insecto podíamos aprender la manera de obrar por la fe. Ahora, ciertamente, vemos la lección de cómo la araña, asida con sus patas de la pared, se las arregla para vivir en la mejor habitación de la casa. Dios no ha hecho nada en vano.

Nuestros peregrinos recibieron con alegría todas estas enseñanzas, pero sus ojos se humedecían cada vez más. Cruzaron entre ellos algunas miradas significativas y se inclinaron ante el señor Intérprete, que les condujo a otra habitación donde había una gallina con sus polluelos. Observándolos por un tiempo, repararon en uno de los pollitos que acudía a la pila para beber y, cada vez que bebía, alzaba luego la cabeza y la mirada hacia arriba.

–Mirad -les dijo- lo que hacen estos polluelos cuando beben, y aprended de ellos a reconocer de dónde proceden todas las bendiciones. Seguid observándolos y veréis algo más.

En efecto, poco después repararon en que la gallina llamaba a sus polluelos de maneras distintas, dando a su cloquear diferentes ritmos y tonalidades.

Lo hacía primero con una cloquear reposado y natural, que era el que empleaba más a menudo; de vez en cuando, lo hacía con un cloquear algo más intenso; y algunas ocasiones particulares, se enfrascaba en un cloquear continuo y desesperado, que era en realidad un grito de alarma.

–Aquí -les dijo Intérprete- tenéis una clara imagen de cómo vuestro Rey se dirige a los suyos de una manera distinta según cada circunstancia. Su voz común, la escuchamos constantemente; cuando nos ofrece alguna dádiva, lo hace con un llamamiento especial, hablando a los

---

[30] Proverbios 20:28.

que están cobijados debajo de sus alas en tonos dulces y tiernos;[31] y finalmente, como la gallina hace con sus polluelos, su voz se transforma en un clamor cuando nos ha de advertir que el enemigo se acerca. Os he enseñado estas cosas porque son fáciles de comprender a gentes sencillas, a mujeres y niños como vosotros.

Y como fuere que Cristiana manifestó deseos de ver más cosas y aprender más, Intérprete los condujo al matadero, donde pudieron ver a un carnicero matar a una oveja que, mansa y tranquila, recibía la muerte sin ninguna oposición.

—Debéis aprender -les dijo- de la conducta de esta oveja, a padecer y a soportar las injurias y males sin murmuraciones ni quejas. ¡Contemplad cuán tranquilamente se deja matar: no se opone a los que la hacen sufrir! Recordad, pues, que vuestro Rey os llama ovejas suyas.

Después, los llevó hasta su jardín, donde había una gran variedad de flores.

—Como podéis ver -les dijo- entre estas flores hay mucha diversidad: en altura de tallo, en color, en aroma y virtud; y algunas son mejores que otras. Pero todas permanecen en el lugar donde el jardinero las ha colocado, y no riñen entre ellas.

Desde allí, los llevó a su campo, en el que había sembrado trigo y otros cereales. Pero, cuando lo miraron de cerca, vieron que todas las espigas habían sido arrancadas o cortadas; por tanto, no quedaba en el campo ningún fruto, sólo la paja.

—Este campo -les explicó- fue debidamente abonado, arado y sembrado; pero ¿qué pensáis que podemos hacer de la cosecha que nos ofrece?

—Quemar una parte y con el resto hacer abono -respondió Cristiana.

—Ah -dijo Intérprete-; ya veo que os dais cuenta de que lo que se esperaba de él es fruto; y por falta de fruto, se le condena a ser quemado y hollado por los hombres. Tened, pues, cuidado que vosotros, sabiendo esto, no falléis en vuestra propia condenación.

Mientras regresaban de esa breve excursión campestre, Intérprete dirigió su atención hacia un pájaro, un petirrojo, que tenía una enorme araña en la boca. Todos lo miraron con atención, y mientras Misericordia se admiraba de su colorido y hermosura, Cristiana exclamó:

—¡Cuánto se envilece a sí mismo ese pájaro tan hermoso! Su plumaje y apariencia supera al de otros muchos pájaros, y además es propenso a relacionarse con el hombre. Por ello creía que se alimentaba de migajas y otras cosas inocentes; pero ahora, al verlo comer ese insecto

---

[31] Mateo 23:37.

tan inmundo, me doy cuenta de que se ha degradado mucho, al menos bajo mi punto de vista.

Intérprete. –En este petirrojo, podéis ver la imagen de ciertas personas que hacen profesión de fe y de piedad. En apariencia son como este pajarito, que canta bien, tiene colores hermosos y es de aspecto agradable y gracioso. Fingen gran respeto y admiración hacia los siervos del Señor y expresan deseos de estar siempre en su compañía, anhelando alimentarse del manjar de los piadosos. Se complacen en frecuentar las casas de los buenos y acuden a las iglesias para participar de los cultos; pero cuando están solos, no tienen reparo alguno -como hace este pájaro- en engullir arañas; pueden cambiar de alimento fácilmente y «beber la iniquidad como agua».[32]

---

[32] Job 15:16.

CAPÍTULO VI

Los peregrinos reciben, en casa de Intérprete, además de su hospitalidad, otras enseñanzas y el baño de la Santificación.

Cuando volvieron a la casa, como la cena no estaba servida todavía, Cristiana rogó de nuevo al Intérprete que les enseñara más cosas, por lo que éste comenzó a referirles una serie de refranes y frases sabias y provechosas:

Cuanto más gorda es la puerca, más deseos tiene de revolcarse en el cieno; cuanto más engordado el buey, más alegremente va al matadero; y cuanto más sano el hombre, más propenso es al mal.

A las mujeres les gusta ir siempre bien vestidas y arregladas; pero lo más hermoso es estar adornado con lo que es de gran estima a los ojos de Dios.

Es más fácil velar una noche o dos que un año entero; así también, es más fácil comenzar a andar por el camino del bien que perseverar en él hasta el fin.

Todo capitán que ve que su barco corre peligro de hundirse en medio de la tempestad, echará al mar primero lo que es de menos valor. Nadie, sino el que no teme a Dios, se desharía primero de lo más precioso e importante.

Una sola vía de agua bastará para echar a pique al navío, y un solo pecado causa la ruina del pecador.

Quien se olvida de su amigo, es ingrato con él; pero quien olvida a su Salvador, es despiadado consigo mismo.

El que vive en pecado y espera alcanzar la bienaventuranza de la otra vida, es semejante a aquel que siembra cizaña, y espera llenar sus graneros de trigo o cebada.

El hombre que desea vivir bien, vive cada día como si fuese el último.

La murmuración, la crítica y el mudar de pensamiento con facilidad, son pruebas evidentes de que existe el pecado en el mundo.

Siendo que las cosas del mundo, que Dios tiene en tan poca estima, son tan apreciadas de los hombres, ¡cuánto más valiosas no serán las el cielo, que Dios encomienda!

Si nos aficionamos tanto a esta vida, tan pródiga en penalidades, ¿qué será con la vida eterna?

Todos están dispuestos para alabar la bondad de los hombres, pero ¿quién aprecia debidamente la bondad de Dios?

Rara vez nos levantamos de comer sin dejar viandas sobre la mesa; así también, en Cristo, hay más méritos y más justicia de la que pueda necesitar el mundo entero.

Después de enseñarles esos proverbios, Intérprete los condujo otra vez al huerto y les enseñó un árbol cuyo interior se había podrido y estaba hueco; y, no obstante, crecía y producía hojas.

–¿Qué significa esto? -preguntó Misericordia.

–A este árbol -contestó su anfitrión- cuyo exterior es hermoso mientras que su interior está podrido, pueden compararse muchos de los que están en el huerto de Dios: con la boca le alaban y engrandecen, pero no quieren hacer nada por Él; son de hermosa apariencia, pero sus Corazones no sirven sino para ser pasto seco para el brasero de Satanás.

Acababa de decir esto, cuando les comunicaron que la cena estaba ya dispuesta, y habiendo dado gracias, se sentaron todos a comer. Intérprete, como era su costumbre, durante la comida obsequió a sus huéspedes con música; un conjunto instrumental y un vocalista de voz melodiosa que cantaba:

Sólo el Señor me sostiene;
Él me sustenta y me cuida;
mientras Él así me guarde,
nada mi alma necesita.

Cuando cesaron la música y el canto, Intérprete preguntó a Cristiana qué era lo que la había impulsado a la vida de peregrinación.

Cristiana. –En primer lugar, sentía mucha aflicción a causa de la pérdida de mi marido, aunque entiendo que esto no era más que producto del afecto humano natural. Luego, acudieron a mi memoria, en tropel, los recuerdos de sus aflicciones y de su peregrinación, junto con los de mi conducta y actitud hacia él, tan ruin y miserable. Después, se apoderó de mí tal convicción de pecado, que por poco me causa la muerte; pero, afortunadamente, soñé ver la bienaventuranza de mi esposo, al paso que recibí una carta de invitación de su Rey. La carta y el sueño, juntos, causaron una impresión tan profunda en mi ánimo, que me obligaron a dar este paso.

Intérprete. –Pero ¿no encontraste ninguna oposición antes de salir?

Cristiana. –Sí, señor; una vecina mía, una tal Temerosa, me trató de loca, y calificó de absurda y desesperada la empresa que tenía proyectada. Hizo todo lo posible por desanimarme y disuadirme, recordándome las penalidades y fatigas que sufrió mi marido; pero sus argumentos no me convencieron. Lo que sí me inquietó mucho fue un sueño que tuve, en el que dos sujetos de muy mal aspecto parecían estar al acecho, preparando trampas para hacer fracasar y malograr mi empresa; todavía ahora, esto me tiene embargado el espíritu y me hace desconfiar de cuantos encuentro en mi camino. Y pienso que mis temores no son infundados, pues os diré, en confianza, que en el camino desde la Puerta hacia acá, ambas fuimos atacadas y acometidas ferozmente por dos bribones, muy parecidos a los de mi sueño, hasta el punto que nos vimos obligadas a dar voces pidiendo socorro.

Intérprete.—Has comenzado bien tu camino; has actuado con rectitud al principio, y por tanto tu postrimería será bendita en gran manera.

Y a ti -dijo dirigiéndose a Misericordia- ¿qué es lo que te indujo a venir acá, querida mía? No tengas miedo -añadió al verla sonrojada y temblorosa-; puedes hablar con franqueza.

Misericordia.—Mi poca experiencia me impone el silencio, y al propio tiempo me infunde temor de no poder alcanzar la gloria. No puedo hablar de visiones y sueños como mi amiga; ni tampoco sé lo que es lamentar el haber rehusado el consejo de otros seres queridos.

Intérprete. —¿Qué, pues, te llevó a tal determinación?

Misericordia.—Cuando mi amiga Cristiana preparaba su equipaje para salir del pueblo, otra vecina y yo fuimos a visitarla; le preguntamos qué hacía, y nos explicó que la habían llamado a seguir a su marido, y que en sueños lo había visto en un bellísimo lugar, rodeado de seres inmortales, que llevaba una corona ceñida en sus sienes y un arpa en sus manos cantando alabanzas a su Dios; y que comía y bebía en presencia de su Rey. Al escuchar tales cosas, mi corazón ardía dentro de mí y dije en mi interior: Si esto es verdad, dejaré padre, madre y ciudad nativa; y, si se me permite, acompañaré a Cristiana, pues me daba cuenta de que era sumamente peligroso permanecer en nuestra ciudad. Sin embargo, salí con el corazón oprimido, no porque no sintiera deseos de partir, sino porque tantos parientes míos se quedaban allí. Y ahora, aquí estoy, anhelando dirigirme con Cristiana al país celestial.

Intérprete.—Has comenzado también correctamente, por cuanto has dado crédito a la verdad. Eres como Ruth, quien por el amor que tenía a Noemí y al Señor su Dios, dejó a su padre, a su madre y a su propio país, para ir a morar en medio de una gente que no conocía. «El Señor galardone tu obra, y recibas una cumplida remuneración del Señor Dios de Israel, pues has venido a cobijarte debajo de sus alas».[33]

---

[33] Rut 2:12.

Acabada la cena, se hicieron los preparativos necesarios para el descanso de la noche. A las mujeres se les proporcionaron habitaciones, y los niños ocuparon juntos otro lugar que les fue destinado. Misericordia, sin embargo, estaba tan eufórica y gozosa que no lograba conciliar el sueño: sus dudas y temores se habían desvanecido y permaneció toda la noche en vela bendiciendo y alabando a Dios, que le había otorgado tales favores.

En cuanto amaneció, se levantaron y se disponían ya para la marcha; pero Intérprete les detuvo para decirles:

—Debéis salir de aquí bien pertrechados.

Y a una orden suya, la doncella Inocente, que les había abierto la puerta el día anterior, los condujo a la casa de baños situada en el jardín, para que se quitaran el polvo del camino. Allí se lavaron todos a conciencia, y salieron no sólo limpios y refrescados, sino también vivificados y fortalecidos en todas las junturas de su cuerpo, hasta el punto de que regresaron a la casa con una apariencia mucho más hermosa que la que tenían.

—«Hermosos como la luna»[34] -exclamó Intérprete al verlos regresar. Entonces pidió el sello con el que solían sellarse los que eran purificados, y les estampó una señal por medio de la cual podrían ser conocidos en todas partes. El sello era el recuerdo de la Pascua que comieron los hijos de Israel al salir de Egipto.[35] Y la marca les fue colocada entre los ojos, realzaba su hermosura y la seriedad de sus rostros, haciéndolos parecidos a los de los ángeles.

Acto seguido, Intérprete dijo a la doncella que les asistía, que trajera de los roperos de la casa vestiduras adecuadas para todos. Les trajo, pues, vestidos blancos de lino fino, limpio y brillante.[36] Una vez vestidas y ataviadas las mujeres, una le infundía miedo a la otra, porque no podía ver en sí misma la gloria que resplandecía en la otra. Eso hizo que empezaran a considerarse cada una inferior a la otra.[37]

—Estás más hermosa que yo -decía una.

—Luces más bella que yo -respondía la otra.

Los niños, de igual modo, quedaron sorprendidos al ver la transformación que habían experimentado.

Llegado el momento de la despedida, Intérprete llamó a uno de sus criados (un tal Gran-Corazón) y le ordenó que, debidamente armado, acompañase a las peregrinas y los niños hasta el Palacio Hermoso, donde debían hacer parada. Tomó pues el criado sus armas, se situó

---

[34] Cantares 6:10.
[35] Éxodo 13:8-10.
[36] Apocalipsis 19:8.
[37] Romanos 12:3.

delante de ellos y todos juntos se pusieron en marcha, no sin antes despedirse con muchas expresiones de amistad y deseos de un próspero viaje. Al verse de nuevo en camino, prorrumpieron en cánticos de júbilo entonando:

Este lugar, nuestra segunda etapa,
nos ha mostrado cosas de provecho,
que en edades pasadas para muchos
ocultas estuvieron.
Aquel insecto trepador, la grande araña,
la gallina y sus pollos, son ejemplos
de lecciones que dejan en mi mente
indelebles recuerdos.

Carnicero, jardín, campo sembrado,
petirrojo que come un sucio insecto,
y árbol de hueco tronco con sus hojas,
son fuertes argumentos,
que me mueven a orar, velando siempre,
a luchar con propósito sincero,
y a soportar mi cruz día tras día,
a mi Señor sirviendo.

CAPÍTULO VII

Cristiana y sus compañeros, en compañía de Gran-Corazón, llegan a la Cruz, donde hablan de la justificación. Ven a Simple, Pereza y Presunción colgados de una horca para escarmiento de los malhechores. Llegan al pie del collado Dificultad.

Después de esto, vi en mi sueño que nuestras peregrinas, siguiendo a Gran-Corazón, llegaron al lugar donde la carga de Cristiano se había deslizado de sus espaldas y rodando había caído en un sepulcro. Allí se detuvieron para dar gracias a Dios.

–Ahora -dijo Cristiana- me viene a la memoria lo que se nos dijo en la Puerta, a saber, que recibiríamos el perdón por palabra y obra: por palabra, esto es, por la promesa; por obra, esto es, por la manera como se obtuvo para nosotros. Ya sé algo de lo que es la promesa; y usted, señor Gran-Corazón, sabrá sin duda lo que es recibir el perdón por obra, de modo que explíquenoslo, si es su voluntad.

Gran-Corazón. –El perdón por obra es el perdón obtenido por uno en favor de otro que tiene necesidad de él. El perdón que vosotros habéis alcanzado os fue conseguido por otro, esto es, por Aquél que os dio entrada por la Puerta; y lo consiguió por partida doble: hizo justicia con la que cubriros y derramó su sangre para limpiaros.

Cristiana. –Pero, si se desprende de su propia justicia y nos la da a otros, ¿qué le queda a Él para sí mismo?

Gran-Corazón. –Tiene más justicia de la que necesitáis. Éste, de quien os hablo, no tiene igual. Posee en una misma persona dos naturalezas, que fácilmente se distinguen, pero no pueden separarse. A cada una de estas naturalezas le pertenece una justicia, que le es esencial, y nosotros no participamos ni de la una ni de la otra, en el sentido de quedar revestidos de ellas para vivir en base a las mismas. Posee también una justicia, en virtud de la unión de esas dos naturalezas, que ni es la justicia de su deidad como distinta de su humanidad, ni la de su humanidad como distinta de su deidad; sino una justicia propia fruto de la unión de estas dos naturalezas, y que es la esencial para el oficio de Mediador que le fue confiado por Dios. No podría desprenderse de la primera, su justicia divina, sin dejar de ser Dios; ni de la segunda, la humana, sin manchar su humanidad; ni de la tercera, sin abandonar la perfección que le habilita para el oficio de Mediador. Lo que ocurre es que posee además otra justicia, que consiste en la obediencia a una voluntad revelada, y de ésta es de la que reviste a los pecadores y con ella cubre sus delitos. Por lo cual dice: «Como por la desobediencia de un hombre los muchos fueron constituidos pecadores, así por la obediencia de uno los muchos serán constituidos justos».[38]

Cristiana. —Y las otras justicias, ¿no nos son de ninguna utilidad?

Gran-Corazón. —Sí lo son: pues aunque esenciales a su naturaleza y obra e intransferibles a otro, en virtud de ellas, la justicia que os justifica es eficaz. La justicia que es propia de su deidad da virtud a su obediencia; la de su humanidad hace que su obediencia sea capaz para justificar; y la que es propia de la unión de estas dos naturalezas para el desempeño de su oficio, autoriza a aquélla para llevar a cabo la obra para la cual fue ordenada.

Tenemos aquí, pues, una justicia de la cual Cristo, como Dios, no tiene necesidad, por cuanto es Dios sin ella; de la que tampoco, como hombre, tiene necesidad, por cuanto es hombre perfecto sin ella; y de la que, como Dios-hombre, no tiene tampoco necesidad, por cuanto lo es perfectamente sin ella: por consiguiente, puede desprenderse de ella; y puesto que la ofrece gratuitamente, se llama «el don de la justicia».[39]

Pues, siendo que Cristo se ha sujetado a la ley, debe ser gratuita, porque la ley obliga no sólo a hacer lo justo, sino también a practicar la caridad. Según la ley, quien posee dos vestidos, debe dar uno de ellos a aquél que no tiene ninguno. Ahora bien; nuestro Señor, en efecto, tiene dos vestidos: uno para Él y otro de sobra; por lo tanto, proporciona gratuitamente uno de ellos a los que no tienen. Así es como recibís el perdón por hecho, o dicho en otras palabras, mediante la obra de otro. Vuestro Señor Jesucristo es quien ha obrado, y concede el resultado de su obra al pobre mendigo que de Él lo implora.

Para que el perdón por obra se haga efectivo, debe pagarse a Dios el precio correspondiente, a la par que debe prepararse algo con que cubrirnos. El pecado nos sujetó a la justa condenación de una ley justa; pero de esta maldición podemos ser librados por medio de la redención,[40] habiendo sido pagado un precio justo por el mal que hemos cometido; y ese precio es la sangre de vuestro Señor,[41] quien se

---

[38] Romanos 5:19.
[39] Romanos 5:17.
[40] Romanos 4:24.
[41] Gálatas 3:3,5.

puso en vuestro lugar y padeció la muerte que vosotros merecíais por vuestros pecados. Así, os redimió de vuestras transgresiones con su sangre y cubrió de justicia vuestras almas manchadas y deformes; por amor de lo cual, Dios se digna pasar por alto vuestras iniquidades y no os condenará cuando venga a juzgar al mundo.

Cristiana. –¡Cuán hermoso es esto! Ahora veo lo mucho que había por aprender del concepto de ser perdonados por palabra y hecho. Querida amiga Misericordia, procuremos tener esto siempre presente; y vosotros, hijos míos, acordaos de estas verdades. Pues esto fue lo que hizo que la carga de mi buen Cristiano se soltara, y le hizo dar tres saltos de alegría.

Gran-Corazón. –Sí, el creer eso fue lo que desató aquellas ligaduras que no podían romperse de otra manera; y fue para darle una prueba de la virtud de esta doctrina por lo que se le permitió llevar su carga hasta la cruz.

Cristiana. –Ya me lo figuraba, pues yo también lo experimento; aunque hasta ahora tenía el corazón alegre y gozoso, ahora siento que mi alegría ha aumentado de un modo increíble. Lo poco que hasta ahora he escuchado basta para convencerme de que, al llegar aquí, aun el hombre más cargado y abrumado del mundo, viendo lo que veo y creyendo lo que creo, saltaría de alegría en su corazón.

Gran-Corazón. –La contemplación y consideración de estas cosas no sólo nos trae consuelo y alivio, sino que engendra en nosotros un amor más profundo; pues ¿quién, al darse cuenta de que alcanzamos el perdón de la manera en que os he descrito, puede por menos de conmoverse y sentir un amor intenso y arrebatador hacia Aquél que se lo ha proporcionado?

Cristiana. –Es cierto, mi corazón se siente traspasado de dolor al pensar que Él derramó su sangre por mí. ¡Oh Salvador amante! ¡Oh Cristo bendito! Tú mereces poseerme, pues me has comprado; mereces poseerme enteramente porque has pagado diez mil veces más de lo que valgo.

No es de extrañar, en absoluto, que esto hiciera que mi marido se fundiese en lágrimas y siguiera, a partir de aquí, tan ligero su camino; segura estoy de lo mucho que deseaba tenerme a su lado; pero yo, vil pecadora como era, le dejé venir solo. ¡Oh, Misericordia, ojalá que tus padres estuviesen aquí! Sí, y la señora Temerosa también, y aun la señora Sensualidad; pues si llegaran aquí, sin duda alguna sus corazones se conmoverían, y ni los temores de una ni las concupiscencias de la otra bastarían para persuadirlas a regresar y dar la espalda a este camino.

Gran-Corazón. –Hablas visceralmente, movida por los impulsos de tus sentimientos. ¿Piensas que estarás siempre tan fervorosa como estás ahora? ¿Sabes que no todos los que vieron padecer a Jesús compartieron esos mismos sentimientos? Algunos de los que presenciaron su muerte y vieron correr su sangre, lejos de conmoverse, se burlaron de Él y, en lugar de hacerse discípulos suyos, endurecieron sus corazones contra Él. Estas emociones que ahora sentís, hijos míos, son el fruto de una gracia especial que se os ha concedido. Acordaos de lo que aprendisteis en la casa del Intérprete: que la gallina, cuando llama a sus polluelos con su cloquear habitual, no les ofrece comida; sólo puntualmente se dirige a ellos con un cloqueo especial y los alimenta.

Durante esta conversación, los peregrinos habían avanzado bastante por el camino y pronto los vi llegar al lugar donde Cristiano había encontrado a Simple, Pereza y Presunción, entregados a un profundo sueño. Ahora, los tres estaban colgados de unos hierros a unos cuantos pasos de la senda.

–¿Quiénes son aquellos tres hombres? -preguntó Misericordia al guía- ¿por qué están allí colgados de la horca?

Gran-Corazón. –Eran hombres de muy mal carácter y peor comportamiento. No querían ser peregrinos y entorpecían el camino de cuantos podían; amaban la pereza y la locura, y procuraban contaminar con esos mismos vicios a los demás, tratando de convencerles de que, a fin de cuentas, los necios y perezosos alcanzarían también la felicidad lo mismo que los sabios y diligentes. Cuando Cristiano pasó por ahí, dormían; pero ahora, como podéis ver, cuelgan de una horca, para escarmiento de los demás.

Misericordia. –¿Lograron convencer a alguien con sus teorías y opiniones?

Gran-Corazón. –Sí, en efecto; consiguieron desencaminar a varias personas, entre las cuales había un tal Paso-lento, junto con un Corto-de-respiración, un Poco-ánimo, un Deseo-de-lujuria, un Cerebro-soñoliento y una joven llamada Lerda. A todos ellos consiguieron desviarlos y hacerlos como ellos mismos. Además, hablaron mal de vuestro Señor, diciendo que era cruel y exigente; desacreditaron la buena tierra, haciendo creer que no era ni con mucho tan buena como se daba a entender; y no contentos con esto, se dieron a la tarea de criticar y vilipendiar a los siervos del Señor, calificando a los mejores de ellos de entrometidos e intrigantes; al pan de Dios lo llamaban paja; a los goces de los suyos, ilusiones y quimeras; y al afán y a las fatigas de los peregrinos, esfuerzos inútiles.

Cristiana. –Siendo estos personajes tan malos y nefastos como dices, yo, por mi parte, no lamento su suerte. No han recibido sino lo que merecían, y me parece muy conveniente el que estén ahí, ahorcados tan cerca del camino, donde todos puedan verlos y así escarmentar en su piel. Pero ¿no habría sido más oportuno que se grabara en una plancha de metal el relato de sus crímenes y se colocara aquí mismo, donde hicieron el daño, a fin de que sirviese de amonestación perpetua a otros para no caer en los mismos errores?

Gran-Corazón. –Efectivamente, así se ha hecho, como verás si te acercas un poco más al muro.

Misericordia. –No, no; que queden ahí colgados, que perezcan sus nombres, y que sus crímenes sean para siempre un testimonio contra ellos. Considero una suerte y un favor especial que les hayan ahorcado antes de que nosotras llegáramos. ¡Quién sabe lo que hubieran podido hacer a unas pobres mujeres como nosotras!

Entonces, mirando fijamente a los ahorcados, dijo:

–Quedaos ahí colgados, por señal y temor del mismo fin que aguarda a todo aquél que no busque el bien de los peregrinos. ¡Guárdate, alma mía, de cuantos se oponen a la santidad!

Poco después llegaron al pie del collado Dificultad, y allí su buen amigo Gran-Corazón aprovechó la ocasión para informarles de lo que sucedió cuando Cristiano pasó por el mismo sitio. Los condujo primero a la fuente.

–He aquí -dijo- la fuente en la que Cristiano bebió antes de subir la cuesta; el agua entonces era buena y cristalina, pero ahora está cenagosa y enturbiada por los pies de ciertas personas que no quieren que los peregrinos calmen aquí su sed.[42] Pero sigue siendo potable, y se puede beber si se la pone en un recipiente limpio; haciendo eso, el cieno cae al fondo del recipiente y el agua queda transparente. Esto es lo que Cristiana y sus acompañantes se vieron obligados a hacer para beber de la fuente. Sacaron el agua turbia con un cazo y cuando el lodo se hubo depositado en el fondo, se refrescaron con el agua pura.

Después, su guía les enseñó los dos atajos al pie del collado, donde Formalista e Hipocresía se perdieron.

–Estas sendas -les dijo- son peligrosas. Dos hombres perdieron la vida en ellas cuando Cristiano pasó por aquí; y sin embargo, aunque desde entonces se ha tapiado el paso con postes, cadenas y una zanja, todavía hay algunos que prefieren saltarse las vallas y aventurarse por ellas antes que tomarse la molestia de subir la colina.

Cristiana. –«El camino de los transgresores es duro».[43] Me sorprende cómo logran saltar las vallas, traspasar la zanja y entrar en estas sendas sin antes romperse la cabeza.

Gran-Corazón. –No obstante, lo hacen y se aventuran; y si alguno de los siervos del Rey los ve, y los llama para advertirles que están en

---

[42] Ezequiel 34:18.
[43] Proverbios 13:15.

caminos malos y peligrosos, le contestan con burlas y afirman: «La palabra que nos has hablado en nombre del Señor, no escucharemos de ti; antes pondremos ciertamente por obra toda palabra que ha salido de nuestra boca».[44]

Si miráis atentamente, veréis que se han tomado suficientes medidas de aviso y precaución para evitar el tránsito por tales atajos: además de aquellos postes, la valla, la zanja y la cadena, se ha cerrado el paso con un seto; y sin embargo, todavía hay quienes se empeñan en pasar.

Cristiana. —Son holgazanes; poco dispuestos a poner esfuerzo en nada, y el caminar cuesta arriba les resulta molesto y fastidioso. Así se cumple lo que se ha escrito acerca de ellos: «El camino del perezoso es como seto de espinos».[45] Prefieren caminar en llano sobre una trampa mortal a subir este collado y seguir lo que resta del camino que conduce al cielo.

---

[44] Jeremías 44:16,17.
[45] Proverbios 15:19.

CAPÍTULO VIII

Los peregrinos suben por el collado Dificultad. Descansan en el refugio. Se encuentran con el gigante Grima, al que Gran-Corazón da muerte; y llegan al Palacio Hermoso, donde el guía los abandona.

Después de todos estos comentarios, el grupo se puso de nuevo en marcha, acometiendo la subida de la cuesta. Al poco trecho, Cristiana comenzó a sentir fatiga, y exclamó:

–¡Qué penosa es esta colina! No es extraño que los que aman más la comodidad que el bien de su alma, escojan con preferencia un camino menos áspero.

–Tendré que sentarme un rato -dijo Misericordia.

Al poco tiempo, el más pequeño de los niños, comenzó a llorar.

–¡Vamos, vamos, ánimo! -exclamó Gran-Corazón-. No os sentéis aquí, que tan sólo un poco más arriba está el refugio para peregrinos del Rey. Y diciendo esto, tomó al niño de la mano y lo condujo hasta el refugio.

Al alcanzar allí, se sentaron todos de muy buena gana, pues estaban agotados, acalorados y sudorosos.

–¡Qué agradable es el descanso a los que trabajan![46] -dijo Misericordia- ¡Y cuán bueno es el Rey de los peregrinos por haberles provisto de estos lugares de descanso! Mucho me habían hablado de esta glorieta de refugio, pero ésta es la primera vez que la veo. No obstante, ¡cuidado!, no vayamos a quedarnos dormidos aquí, pues, según me han dicho, al pobre Cristiano el sueño le costó muy caro.

–Bueno, vamos a ver, hijos -dijo Gran-Corazón dirigiéndose a los niños-: ¿Cómo os encontráis? ¿Qué pensáis ahora de la vida de peregrinaje?

–Señor -dijo el más pequeño-, poco faltó para que la cuesta me desanimara por completo; por ello, quiero darle las gracias por haberme ayudado infundiéndome el valor necesario para seguir. Ahora recuerdo lo que mi madre me decía: que el ir al cielo es como subir una

---

[46] Mateo 11:28.

escalera, mientras que el camino del infierno va siempre cuesta abajo. Pero mejor prefiero subir la escalera de la vida eterna, aunque sea cuesta arriba, que deslizarme por la pendiente hacia la muerte.

Misericordia. –(Con ironía) ¿Pero no dice el refrán que es más fácil ir siempre cuesta abajo?

–Día vendrá -le replicó Jaime, que así se llamaba el pequeño de los niños- en que caminar cuesta abajo será mucho más penoso que subir cuesta arriba; por lo menos, así lo creo.

–¡Bravo! -asintió el guía- Muy bien has contestado. Misericordia esbozó una sonrisa de complicidad, mientras que al niño se le subieron los colores a las mejillas.

–Vamos -dijo Cristiana-. Mientras descansamos, podéis aprovechar para comer un bocado. Tengo aquí una granada que me dio el señor Intérprete al salir, junto con un panal de miel y una botella de mosto. Y como te dije cuando emprendimos el viaje, tú, Misericordia, vas a participar de todo cuanto tenga, puesto que uniste tu suerte a la mía tan desinteresadamente. Y usted -dijo dirigiéndose al guía- ¿quiere acompañarnos en este pequeño refrigerio?

–Gracias, pero no -respondió éste-; vosotros estáis de viaje, mientras que yo pronto volveré a la casa, y allí disfruto comiendo de esos mismos manjares todos los días. Que os aproveche.

Después que hubieron comido y bebido, y de conversar amigablemente por un tiempo, Gran-Corazón les dijo que sería prudente reanudar la marcha, dado lo avanzado de la hora y el declinar del día. Al punto, se levantaron para partir y organizaron el grupo, marchando delante los niños. Pero a los pocos pasos, Cristiana echó de menos la botella de mosto y envió al más pequeño a buscarla.

–Me parece -observó Misericordia- que este refugio le hace a uno olvidadizo; aquí fue donde Cristiano perdió su diploma, y Cristiana ha olvidado su botella también. ¿A qué se debe esto?

–Esto -le dijo el guía- se debe al sueño o al descuido. Algunos duermen cuando deberían estar despiertos; otros se entregan al descuido cuando deberían aguzar la memoria; ésta es la razón por la cual los peregrinos, con frecuencia, sufren pérdidas en los lugares destinados al descanso. Precisamente en los momentos de alegría y de gozo es cuando más falta hace estar atento, vigilar y recordar lo que uno ha recibido; pero, por no hacer esto, sucede a menudo que el gozo de muchos peregrinos acaba en lágrimas, y el resplandor del día se pierde detrás de las nubes espesas. Como prueba de ello tenéis lo que le pasó a Cristiano en este paraje.

Cuando llegaron al lugar donde Desconfianza y Temeroso habían salido al encuentro de Cristiano para persuadirle de que retrocediera, por temor de los leones, descubrieron en medio del camino una suerte de andamio del que colgaba un letrero en el que se explicaba el motivo de su construcción con los siguientes versos:

Cuide, quien esto leyere,
de su corazón y lengua;
si no, sufrirá, cual otros,
de su pecado la pena.

Debajo había la siguiente inscripción:

«Este tinglado ha sido levantado para castigo de los que, por temor y desconfianza, no se atrevan a proseguir su camino. Sobre este entarimado, a Desconfianza y Temeroso se les perforó la lengua con un hierro candente, por haber tratado de impedir a Cristiano seguir su viaje».

–Esto -observó Misericordia- se parece mucho al dicho del Amado: «¿Qué te dará o de qué te aprovechará la lengua engañosa? Es como saetas de valiente, agudas, con brasas de enebro».[47]

No tardaron mucho en avistar los leones. Gran-Corazón era un hombre fuerte y, por consiguiente, no tenía miedo de un león; pero cuando hubieron llegado ante las fieras, los niños, que iban delante, se asustaron y se refugiaron detrás de los demás. El guía, al ver esta retirada, no pudo reprimir una sonrisa.

–¿Cómo es esto, hijos míos? -exclamó- ¿De modo que os gusta ir delante mientras no se aviste el peligro, y poneros detrás tan pronto como aparecen los leones?

Avanzaron todos juntos y Gran-Corazón desenvainó su espada en un claro intento de abrir paso para sus protegidos, a despecho de los leones. Pero en aquel momento apareció un personaje que, por lo visto, había tomado a su cargo el apoyar la labor disuasoria de los leones.

–¿Qué os trae por aquí? -gruñó el recién llegado, que era de la raza de los gigantes, y se llamaba Grima o Sanguinario, por cuanto acostumbraba a matar a los peregrinos.

Gran-Corazón. –Estas mujeres y niños van en peregrinación, y éste es el camino por donde deben pasar; y ten por seguro que pasarán, a pesar de ti y de los leones.

Grima. –Mientes; ni es éste su camino, ni conseguirán pasar. Mi trabajo es impedirlo, y en ese sentido apoyaré a los leones.

La verdad era que, debido a la feroz actitud de los leones y el aspecto amenazador del gigante que los apoyaba, hacía tiempo que el cami-

---

[47] Salmo 129:3,4.

no había quedado casi abandonado y la hierba lo cubría en su mayor parte. Viendo esto, Cristiana alzó la voz y clamó diciendo:

—Aunque los caminos han quedado desiertos y se ha obligado a los viajeros a caminar por atajos y sendas extraviadas, no va a seguir siendo así, pues «yo me he levantado como madre en Israel».[48]

Entonces el gigante Grima juró por los leones que no darían un solo paso más, y que sería así, como él había dicho. Les mandó que se apartasen del camino y regresaran por donde habían venido, pues por allí no conseguirían pasar. Pero el guía, espada en mano, arremetió contra él con tal empuje que le obligó a retroceder.

Grima. —¿Piensas que vas a matarme en mi propio territorio?

Gran-Corazón. —Estamos en el camino del Rey, y en él has colocado a tus leones; pero estas mujeres y niños, aunque débiles, seguirán avanzando por él a despecho de tus amenazas.

Y diciendo esto, dio al gigante un golpe tan terrible con su espada, que le hizo tambalear y caer de rodillas. Con el golpe le había roto el yelmo, y con el siguiente le cortó un brazo. Esto hizo que el gigante lanzara tan espantosos rugidos, que su voz atemorizó a las mujeres; sin embargo, no dejaron de alegrarse al verle revolcándose en el suelo.

Entretanto, los leones, encadenados, no podían hacer nada, aunque rugían amenazantes. Finalmente, Gran Corazón, de un último y certero tajo, acabó con él; y muerto el viejo Grima, dijo a los peregrinos:

—Venid, seguidme, y los leones no os harán nada.

Le siguieron, pues, y pasaron sin sufrir daño alguno por delante de los leones, si bien, al estar frente a ellos, las mujeres temblaban y los niños tenían tal cara de espanto y estaban tan pálidos, que parecían muertos.

Avistaban ya la casita del portero del Palacio Hermoso y como, debido a lo peligroso de aquel camino después del anochecer, estaban más que deseosos de llegar, apretaron el paso y no tardaron en hallarse delante de la puerta. Contestando a los aldabonazos del guía, el portero preguntó:

—¿Quién va?

Pero al punto, cuando Gran-Corazón contestó: "Soy yo", el portero bajó presuroso, pues Gran-Corazón era un viejo conocido y había pasado por allí muchas veces acompañando peregrinos. Al abrir la puerta y no ver más que al guía, pues los otros estaban detrás, le dijo:

—¿Qué sucede, Gran-Corazón? ¿Qué te trae por aquí a estas horas?

—Vengo -dijo- guiando a un grupo de peregrinos hasta esta casa, donde por orden de mi Señor deben alojarse. Hubiéramos llegado mucho más temprano, de no haber sido porque el gigante que solía

[48] Jueces 5:6,7.

estar junto a los leones se nos enfrentó; pero después de un combate largo y reñido, le he dado muerte, y he traído a los peregrinos hasta aquí sanos y salvos.

Portero. —¿Quieres entrar y quedarte hasta la mañana?

Gran-Corazón. —Gracias, pero no; debo volver a la presencia de mi Señor cuanto antes.

Cristiana. —¡Oh, no, señor Gran-Corazón! ¡No puede dejarnos abandonados! Nos ha sido usted tan útil, tan fiel y cariñoso, ha luchado con tanta valentía a nuestro favor y nos ha aconsejado tan adecuadamente, que nunca me olvidaré de su buena voluntad.

Misericordia. —¡Ojalá pudiéramos contar con su compañía hasta el final de nuestro viaje! ¿Cómo podremos ahora, nosotras solas, débiles mujeres, seguir adelante y perseverar por un camino tan lleno de peligros sin un guía y defensor?

Jaime, el más pequeño de los niños, se sumó también a la súplica de los demás, diciendo:

—¡Señor, le ruego que se deje persuadir y nos acompañe y ayude, porque somos muy frágiles y el camino es muy peligroso!

Gran-Corazón. —Estoy a las órdenes de mi Señor. Si Él hubiera dispuesto que fuera vuestro guía hasta el término del viaje, lo sería de buen grado. Pero cometisteis de entrada un grave error, pues cuando Él me dijo que os acompañara hasta aquí, vosotros deberíais haberle rogado que me permitiese acompañaros hasta el fin, y a buen seguro que habría accedido a vuestra petición. Pero por ahora debo retirarme; de modo que, buena Cristiana, Misericordia, y mis queridos niños, adiós.

CAPÍTULO IX

Los peregrinos son recibidos y agasajados en el Palacio Hermoso. Misericordia tiene un sueño agradable y esperanzador. Prudencia examina y educa a los niños.

El portero, cuyo nombre era Vigilante, interrogó a Cristiana acerca de su país y sus familiares.

–Vengo de la ciudad de Destrucción -le respondió- soy viuda, y mi marido fue Cristiano, el peregrino.

–¿De veras? -exclamó el portero- ¿Cristiano era tu marido?

–Sí -dijo Cristiana- y éstos son sus hijos. Y ésta -añadió señalando a Misericordia- es una vecina de la misma ciudad.

El portero hizo sonar entonces su campanilla, como era habitual en tales ocasiones, y acudió a la puerta una de las doncellas, llamada Humildad, a la cual dijo:

–Ve, y anuncia que la viuda y los hijos de Cristiano han llegado.

Así lo hizo Humildad, y grande fue el gozo que sintieron todas las demás doncellas de la casa al escuchar esta buena noticia. Acudieron apresuradamente a la entrada, donde estaban todavía los viajeros, y los invitaron afectuosamente a entrar. Cristiana y los que la acompañaban les siguieron hasta un salón espacioso, donde les indicaron que se sentaran. Luego fueron a avisar a las principales de la casa, para que dieran la bienvenida a los huéspedes. Ellas, al saber quiénes eran los peregrinos, les saludaron a todos, uno a uno, con un ósculo diciéndoles:

–Bienvenidos seáis, vasos de la gracia de Dios; como amigas vuestras os recibimos y os damos la bienvenida.

Siendo que la hora era ya bastante avanzada, y puesto que los viajeros estaban muy cansados del camino y desfallecidos por el combate y la presencia de los terribles leones, pidieron permiso para retirarse a descansar cuanto antes.

–Todavía no -les dijeron-. Primero debéis comer algo.

De hecho, ya les tenían preparado y aderezado un cordero con la acostumbrada salsa[49], dado que el portero había recibido aviso previo

---

[49] Éxodo 12:21,28; Juan 1:29.

a su llegada, y lo había comunicado a los de la casa. Después de la cena unieron sus voces en cánticos que concluyeron con un salmo; y luego, acercándose ya la hora de descansar, las mujeres pidieron permiso, si era posible, para ocupar la misma habitación que anteriormente había ocupado Cristiano. Allí se acostaron, y mientras descansaban de sus fatigas, Cristiana y Misericordia entablaron la siguiente conversación:

Cristiana. –Cuando mi marido emprendió esta carrera, lejos estaba yo de pensar que un día le seguiría.

Misericordia. –Y que estarías alojada en la misma habitación en la que él estuvo alojado y dormirías en la misma cama en la que él durmió, como está sucediendo.

Cristiana. –Menos aún soñaba en llegar a ver de nuevo su rostro, ni adorar al Señor nuestro Rey juntamente con él, como ahora tengo la esperanza de que voy a hacer.

Misericordia. –Escucha… ¿no oyes un ruido?

Cristiana. –Sí, parece el sonido de instrumentos musicales; tocan gozosos de vernos aquí.

Misericordia. –¡Es maravilloso! Hay música en la casa, música en nuestros corazones y música en el cielo por el gozo que nuestra llegada ha causado.

Después de un rato de conversación se durmieron plácidamente. Y la mañana siguiente, al despertarse, Cristiana dijo a su compañera:

Cristiana. –¿Qué era lo que te hacía reír mientras soñabas esta noche? Pues imagino que reías soñando.

Misericordia. –Sí, es verdad que he soñado; y en verdad, fue sueño hermoso. Pero ¿estás segura de que me reía?

Cristiana. –Sí, reías estrepitosamente. ¿Vas a contarme tu sueño?

Misericordia. –Soñé que estaba sentada, sola, en un lugar apartado, lamentando la dureza de mi corazón. No hacía mucho que estaba allí cuando, de pronto, comenzó a juntarse gente a mi alrededor para verme y escuchar lo que decía. Y cuando escucharon cómo me lamentaba acerca de la dureza de mi corazón, se mofaron de mí: unos me llamaban loca, otros comenzaron a darme empujones. En esta situación estaba, cuando alcé los ojos y vi un ser resplandeciente que volaba hacia mí. Cuando llegó a donde yo estaba, me preguntó:

–Misericordia, ¿qué te pasa?

Al escuchar mis lamentaciones, me dijo:

–La paz sea contigo.

Me enjugó las lágrimas, me vistió con vestidos bordados de oro y plata, me adornó de alhajas costosas, y rodeó mis sienes de una soberbia corona. Después, me tomó de la mano y me dijo:

–Sígueme.

Subimos y subimos, juntos, hasta que llegamos a una puerta de oro. Llamó, y cuando la abrieron, entramos; le seguí hasta un trono en el que había uno que me dio la bienvenida. El lugar era resplandeciente y brillaba como las estrellas, o, mejor dicho, como el sol; y allí me pareció ver a tu marido. Entonces desperté. ¿Dices, pues, que me reía?

Cristiana. —Ya lo creo que te reías, y ahora entiendo la razón: fue al verte tan favorablemente acogida. Pienso que puedes considerar tu sueño como buen presagio, pues la primera parte del mismo ha comenzado ya a hacerse realidad, y así será también con la segunda. «En una o de dos maneras habla Dios, pero el hombre no entiende. Por sueño, en visión nocturna. Cuando el sueño cae sobre los hombres, cuando se adormecen sobre el lecho».[50] No es necesario que siempre estemos despiertos para hablar con Dios, pues Él nos puede visitar aun cuando dormimos. Muchas veces, sucede que el corazón vela mientras el cuerpo duerme, y entonces, Dios puede hablarnos por medio de revelaciones, de proverbios, de señales o símiles, lo mismo que si estuviéramos despiertos.

Misericordia. —En todo caso me alegro de haber tenido ese sueño, y espero verlo cumplido en breve; entonces tendré razones sobradas para reírme de nuevo, y mucho más estrepitosamente aún de como dices que lo he hecho.

Cristiana. —Me parece que ya es hora de levantarnos y enterarnos de qué debemos hacer.

Misericordia. —Por poco que nos rueguen para que nos quedemos aquí algún tiempo, aceptemos su invitación. Estoy más que dispuesta a quedarme, puesto que quisiera conocer más de cerca a estas doncellas. En mi concepto, Prudencia, Piedad y Caridad son fantásticas y me caen muy bien.

En cuanto bajaron al salón, sus anfitrionas les preguntaron cómo habían pasado la noche.

—Perfectamente bien -dijo Misericordia-. En mi vida he dormido mejor.

—Pues si queréis quedaros aquí un tiempo, cuanto hay en casa está a vuestra disposición.

Tan cordial fue la invitación, que nuestros peregrinos no vacilaron en aceptarla, y allí permanecieron más de un mes, con gran provecho para todos.

Cierto día, Prudencia, queriendo saber en qué manera Cristiana había instruido a sus hijos, le pidió permiso para hacerles algunas preguntas. La madre consintió encantada, y empezando por el de menor edad, Prudencia inició así su examen:

---

[50] Job 33:14-16.

Prudencia. –¿Sabes decirme, Jaime, quién te creó?

Jaime. –Dios el Padre, Dios el Hijo y Dios el Espíritu Santo.

Prudencia. –Bien dicho. ¿Y quién es el que te salva?

Jaime. –Dios el Padre, Dios el Hijo y Dios el Espíritu Santo.

Prudencia. –¿Cómo te salva Dios el Padre?

Jaime. –Por su gracia.

Prudencia. –¿Cómo te salva Dios el Hijo?

Jaime. –Por su justicia, muerte, sangre y vida.

Prudencia. –Y Dios el Espíritu Santo ¿cómo te salva?

Jaime. –Iluminándome, renovando mi corazón y preservándome con su gracia.

Prudencia. –(Dirigiéndose a Cristiana) Ciertamente, la forma en que has instruido a tus hijos es digna del mayor encomio. No hará falta que haga las mismas preguntas a los demás, puesto que el pequeño es capaz de contestarlas tan acertadamente.

Dirigiéndose ahora a José, le preguntó:

Prudencia. –¿Quieres decirme, José, qué es el hombre?

José. –Un ser racional hecho por Dios, como ha dicho mi hermano.

Prudencia. –¿Qué se supone al decir de uno que es «salvo»?

José. –Que el hombre, por causa de su pecado, se ha dejado esclavizar, y ha traído sobre sí mucha miseria.

Prudencia. –¿Qué se supone en el hecho de que uno sea salvo por la Trinidad?

José. –Que el pecado es un tirano tan grande y poderoso, que ninguno, sino Dios, es capaz de sacarnos de sus garras; y que Dios es tan bueno y compasivo, que se digna rescatar al hombre de tan miserable estado.

Prudencia. –¿Qué objeto tiene para Dios salvar a los hombres?

José. –El de glorificar su nombre, ensalzar su gracia y justicia, y proporcionar felicidad eterna a sus criaturas.

Prudencia. –¿Quiénes serán salvos?

José. –Cuantos aceptaren la salvación.

Prudencia. –Tu madre te ha enseñado bien, y has prestado atención a sus enseñanzas.

Ahora, si Samuel no tiene inconveniente, le haré también unas cuantas preguntas.

Prudencia. –¿Qué es el cielo?

Samuel. –Un lugar y estado de suma bendición, porque allí mora Dios.

Prudencia. –¿Y el infierno?

Samuel. –Un lugar y estado deplorable y funesto, por cuanto es la morada del pecado, de Satanás y de la muerte.

Prudencia. –¿Por qué quieres ir al cielo?

Samuel. –Para poder ver a Dios y servirle eternamente; para ver a Cristo y amarle eternamente, y también para que pueda morar en mí aquella plenitud del Espíritu Santo que no puedo, en igual grado, disfrutar aquí.

Después de encomiar las respuestas y la aplicación de Samuel, Prudencia inició el examen de Mateo, el mayor.

Prudencia. –¿Hay algo o ha habido algo que existiera antes que Dios?

Mateo. –No, señora, porque Dios es eterno, y fuera de Él no hay nada que tuviera ni entidad ni ser antes del comienzo del primer día: «Porque en seis días hizo el Señor el cielo, la tierra, el mar, y todo lo que en ellos hay».[51]

Prudencia. –¿Qué opinas de la Biblia?

Mateo. –Que es la Santa Palabra de Dios.

Prudencia. –¿Crees que hay en ella cosas que no puedes comprender?

Mateo. –Sí, muchísimas.

Prudencia. –¿Cuando tropiezas con pasajes que no comprendes, ¿qué haces?

Mateo. –Pienso, entonces, que Dios es más sabio que yo; y al propio tiempo, le pido que se digne a darme sabiduría y hacerme saber todo cuanto sea para mi bien.

Prudencia. –¿Qué crees tocante a la resurrección de los muertos?

Mateo. –Creo que los mismos cuerpos que fueron sepultados se levantarán, aunque incorruptibles; y esto lo creo por dos razones: en primer lugar, porque Dios lo ha dicho; y en segundo lugar, porque Dios es poderoso para hacerlo.

Al llegar a este punto, Prudencia dio por finalizado el examen de los muchachos y les dijo:

Prudencia. –Debéis prestar atención siempre a lo que vuestra madre os enseñe, porque de ella podéis aprender mucho más todavía. Prestad atención también a la buena conversación con otras personas, destinada a vuestro provecho; aprended atentamente de las enseñanzas que se desprenden de contemplar los cielos y la tierra; y, sobre todo, leed y meditad mucho en aquel Libro que indujo a vuestro padre a hacerse peregrino. Por mi parte, y mientras estéis aquí, os enseñaré lo que pueda y tendré especial placer en contestar a vuestras preguntas, siempre que sean sobre cosas útiles y provechosas.

---

[51] Éxodo 20:11.

CAPÍTULO X

Buen-Negocio y Misericordia no se ponen de acuerdo. La enfermedad de Mateo evidencia las consecuencias funestas de la desobediencia. Los peregrinos aprenden cosas maravillosas antes de reanudar su viaje.

Hacía cosa de unos ocho días que los peregrinos se hospedaban en el Palacio Hermoso, cuando Misericordia comenzó a ser objeto de marcadas atenciones por parte de un caballero que empezó a frecuentar la casa. Se llamaba Buen-negocio, tenía un nivel cultural alto, buena educación y era piadoso, al menos en apariencia, pero estaba muy apegado al mundo.

Misericordia, por su parte, poseía numerosos atractivos: era bonita, hacendosa y hábil en el trabajo del hogar, y en su tiempo libre cosía vestidos para regalarlos a los pobres y necesitados. Buen-negocio, que nunca la veía ociosa, se enamoró perdidamente de ella, convencido de que sería una buena mujer de su casa; pero ignoraba la razón y propósito de su trabajo.

Misericordia informó de la situación a las doncellas de la casa y les pidió informes acerca de su pretendiente, puesto que le conocían mejor que ella.

—Es un aprovechado -le dijeron- que en apariencia dice haber hecho profesión de fe, pero mucho nos tememos que es ajeno al poder regenerador del Evangelio.

—En tal caso -afirmó Misericordia- se acabó la relación, porque tengo el firme propósito de no tener jamás un marido que pueda significar un estorbo en el camino que he emprendido.

Prudencia estaba convencida de que la joven no tendría necesidad de despacharle, puesto que, en su opinión, el mero hecho de que Buen-negocio descubriera que Misericordia trabajaba gratuitamente para los pobres, sin obtener ningún lucro por su trabajo, bastaría para entibiar su atracción. Y así fue.

Un día en que Buen-negocio la encontró de nuevo afanada con la aguja y el dedal, le dijo:

—¡Vaya, siempre trabajando!

–Sí -respondió Misericordia-, bien sea para mí misma o para los demás.

–¿Para los demás?¿Y cuánto te pagan al día?

–Nada, no hago esto para ganar dinero -le contestó Misericordia-, sino «para ser rica en buenas obras, dadivosa y generosa, atesorando para mí buen fundamento para el porvenir, echando mano de la vida eterna».[52]

–Entonces... ¿qué haces con los vestidos que confeccionas? -le preguntó el joven.

–Los hago para vestir a los desnudos.

Esta respuesta le dejó desconcertado, hasta el punto que dejó de frecuentar la casa; y cuando otros le preguntaban por qué, respondía que la muchacha era hermosa y hacendosa, pero tenía ideas muy raras.

–Ya te lo dije -comentó Prudencia a Misericordia–. Tu supuesto pretendiente abandonaría su propósito tan pronto se enterara de tu generosidad. Además, incluso es posible que te critique y te calumnie, a pesar de su aparente profesión de fe. Tú y él sois incompatibles, pues la misericordia es ajena a su naturaleza egoísta.

Misericordia. –A decir verdad, he tenido ya varios pretendientes; pero, aunque les caía bien, mi forma de ser y la naturaleza de mi carácter les disgustaba, y siempre hemos acabado mal.

Prudencia. –Actualmente, la misericordia se tiene en muy poca estima; muchos son los que se enamoran del nombre, pero su práctica les resulta demasiado molesta.

Misericordia. –Prefiero morir soltera antes que dejar de ser como soy, y estoy resuelta a no aceptar jamás un marido que no comparte mi forma de ser y de pensar. Tenía una hermana, llamada Generosa, que se casó con un hombre egoísta y tacaño; pero como sea que nunca lograban ponerse de acuerdo, y mi hermana se obstinaba en seguir siendo benevolente para con los pobres, su marido, primero la denunció públicamente y luego la echó a la calle. ¡Y esto, muy a pesar de que aparentaba ser un hombre creyente y decía haber hecho profesión de fe! El mundo está lleno de semejantes hipócritas, pero ninguno de ellos será para mí.

Seguían nuestros peregrinos hospedados en el palacio Hermoso cuando, repentinamente, el hijo mayor de Cristiana cayó gravemente enfermo. Tan fuertes eran los dolores que padecía, que su madre mandó llamar a un anciano y experimentado médico que vivía en aquella vecindad, un tal señor Experto. Éste, después de hacer un reconocimiento al enfermo, vio que la dolencia tenía mal aspecto y que sería necesario aplicarle con urgencia medicinas muy especiales, pues el

---

[52] 1ª Timoteo 6:18-19.

muchacho estaba en peligro inminente. Hicieron indagaciones para descubrir, si fuese posible, el origen de la enfermedad, y ¡cuál no sería la inquietud de la madre cuando le dijeron que la dolencia podía tener su origen en la fruta que su hijo había comido en el huerto al salir de la Puerta Estrecha, al principio del camino! Y su alarma se convirtió en pánico y desesperación, al indicarle el médico que la fruta procedía del huerto de Beelzebub y era, por tanto, extremadamente venenosa y dañina.

El señor Experto aplicó al enfermo todos los conocimientos médicos que poseía, y como fuese que no acertó con lo primero que le recetó,[53] le hizo tomar unas píldoras que, al poco tiempo, produjeron un resultado muy positivo.[54] Necesario es decir que el muchacho, al tomar la medicina, vertió abundantes y amargas lágrimas,[55] pero su llanto cambió en alegría al sentirse por fin libre del dolor y disfrutando nuevamente de buena salud. Pronto pudo levantarse y pasear por la casa, de modo que andaba de habitación en habitación hablando con Prudencia, Piedad y Caridad sobre su enfermedad y la forma en que había sanado.

Cristiana, llena de gratitud al ver a su hijo totalmente restablecido, quiso pagar al médico sus honorarios y recompensarle por sus buenos servicios y cuidados. Pero éste le dijo:

Experto. –No, en todo caso, y según disponen los reglamentos, tendrás que pagar al principal del Colegio de Médicos.[56]

Cristiana. –¿Sirven estas píldoras para otras dolencias?

Experto. –Sí, se trata de una medicina de ámbito universal y sirve para todo tipo de dolencias a las que están expuestos los peregrinos. Correctamente preparadas, se conservan siempre en buen estado.

Cristiana. –En ese caso, le ruego que me proporcione una buena provisión de la misma para el camino. Teniendo la posibilidad de disponer de esta medicina, la prefiero a cualquier otra.

Experto. –Además, estas píldoras son tanto un remedio preventivo como curativo; y aún le digo más, correctamente utilizadas, pueden llegar a hacer que un hombre viva para siempre.[57] Pero hay que tener mucho cuidado en la manera como se administran; no deben tomarse de otra forma que la que he prescrito, de otro modo no hacen ningún bien.

Dicho esto, entregó a Cristiana una buena cantidad de la medicina, suficiente para ella y para sus compañeros, y después de amonestar

---

[53] Hebreos 10:1-4.
[54] Juan 6:54, 57; Hebreos 9:14.
[55] Zacarías 12:10.
[56] Hebreos 13:11-16.
[57] Juan 6:50.

a Mateo de que no volviese a comer fruta prohibida, les saludo con cortesía y se despidió.

Mateo, ya totalmente restablecido, recordó que Prudencia se había ofrecido para contestar a cualquier pregunta que quisiera hacerle y que fuera provechosa, de modo que aprovechó para inquirir sobre diversas cosas que le intrigaban:

Mateo. –En primer lugar, ¿por qué la medicina que me ha curado es tan amarga al paladar?

Prudencia. –Por la misma razón que la Palabra de Dios y sus efectos son desagradables al corazón mundano.

Mateo. –Me he dado cuenta de que esa medicina, cuando acierta, limpia totalmente el cuerpo: ¿qué significado tiene esto?

Prudencia. –Que la Palabra divina, cuando obra eficazmente, purifica el corazón y la mente: lo que la medicina que has tomado hace al cuerpo físico, la Palabra de Dios lo hace al alma.

Mateo. –Y otra cosa, ¿qué podemos aprender al ver que las llamas de fuego suben y hacen sentir su calor hacia arriba, mientras que los rayos del sol descienden y hacen sentir su luz y su calor desde arriba hacia abajo?

Prudencia. –Las llamas, que suben hacia arriba, nos enseñan a elevar el corazón al cielo en fervientes deseos; y los rayos de luz, al descender, nos recuerdan que el Salvador del mundo, aunque excelso, desciende y nos alcanza con su gracia y amor aun en nuestra humilde condición.

Mateo. –¿De dónde sacan las nubes su agua?

Prudencia. –Del mar.

Mateo. –¿Qué aprendemos de esto?

Prudencia. –Que los pastores y ministros del evangelio deben recibir su doctrina de Dios.

Mateo. –¿Y del hecho de que la descarguen luego sobre la tierra?

Prudencia. –Que del mismo modo, los pastores y ministros deben esparcir en el mundo los conocimientos que de Dios han recibido.

Mateo. –¿Qué nos enseña el arco iris formado por las gotas de lluvia y los rayos del sol?

Prudencia. –Que el pacto de la gracia de Dios nos es confirmado en Cristo.

Mateo. –El agua de las fuentes procede de los grandes depósitos subterráneos, y llega hasta nosotros filtrada por la tierra: ¿hay alguna enseñanza en ello?

Prudencia. –Sí, podemos aprender que la gracia de Dios llega hasta nosotros filtrada por vía de Jesús.

Mateo. –¿Y de los manantiales que se encuentran en la cumbre de los altos collados?

Prudencia. –Éstos nos enseñan que el espíritu de gracia se manifiesta lo mismo en algunos que tienen abundantes bienes y ocupan posiciones sociales encumbradas, como en aquellos que son pobres y humildes.

Mateo. –Cuando el fuego prende en el pábilo de una vela, ¿qué debe recordarnos?

Prudencia. –Que si la gracia divina no enciende nuestros corazones, no habrá en nosotros la verdadera luz de la vida.

Mateo. –¿Y qué enseñanza hay en el hecho de que para dar luz se consuman a la vez tanto el pábilo como la cera de la vela?

Prudencia. –Aprendemos que ambas cosas, tanto el cuerpo como el alma, deben estar al servicio de Dios y utilizarse unánimemente para mantener viva en nosotros la gracia divina.

Mateo. –¿Es cierto que el pelícano hiere su propio pecho con su pico?

Prudencia. –Esto decían los antiguos, y que lo hace en caso de necesidad para alimentar a sus crías con su propia sangre. Es una figura muy bonita, que puede ilustrarnos cómo Cristo ama de tal modo a los suyos que los salva de la muerte derramando su propia sangre.

Finalmente, Mateo le preguntó:

Mateo. –¿Y qué debe recordarnos el canto del gallo?

Prudencia. –El pecado de Pedro y su arrepentimiento. El canto del gallo indica también que comienza un nuevo amanecer, y debe por tanto recordarte el último y terrible día del juicio.

Cuando llevaban un mes en la casa, tiempo que habían acordado de antemano que duraría su estancia, los viajeros notificaron a las doncellas su propósito de reanudar su viaje. Y José recordó a su madre la conveniencia de mandar recado al señor Intérprete solicitándole los servicios de Gran-Corazón para les acompañara en lo que les restaba del camino. Cristiana, que lo había olvidado, escribió una solicitud en este sentido, y rogó a Vigilante, el portero, que la hiciera llegar a través de algún mensajero de confianza a manos de su fiel amigo, el señor Intérprete, el cual, leída la petición, mandó comunicar a los peregrinos que les sería otorgada.

Al ver, pues, los habitantes del Palacio Hermoso, que los peregrinos estaban dispuestos para partir, se reunieron todos para dar gracias a su Rey por haberles enviado unos huéspedes tan provechosos. Después les enseñaron algunas de las cosas extraordinarias que había en la casa, y que no habían visto aún, a fin de que pudieran meditar en ellas por el camino.

Primero les llevaron a una habitación pequeña, donde les mostraron el fruto del árbol del que comió Eva y dio después a comer su marido, por cuyo hecho fueron expulsados del Paraíso. Cuando preguntaron a Cristiana si sabía qué era el fruto, no supo qué responder, pues no estaba segura sobre si era alimento o veneno; y la explicación que le dieron al respecto la dejó muy sorprendida y altamente impresionada.

En otra parte de la casa, les enseñaron la escala de Jacob, en la que vieron ángeles que subían y bajaban por ella; y la visión fue tan fascinante, que los peregrinos no lograban apartar de ella su mirada. A punto estaban de mostrarles otra maravilla, cuando Jaime pidió que los dejasen permanecer allí un poco más; y estuvieron largo rato deleitándose con tan agradable escena.[58]

Los llevaron después a un lugar donde vieron colgada un ancla de oro. Le rogaron a Cristiana que la bajase, y les dijeron:

—Es de gran importancia que la tengáis siempre con vosotros, para que podáis con ella trabaros de lo que hay dentro del velo y estar firmes en caso de que os encontréis en medio de tormentas.[59] (Un precioso regalo que nuestros peregrinos aceptaron y recibieron con sumo agrado).

Desde allí, los acompañaron al monte al que nuestro padre Abraham fue para ofrecer en sacrificio a su hijo Isaac, y les enseñaron el altar, la leña, el fuego y el cuchillo.[60] La contemplación de estos objetos les hizo prorrumpir en alabanzas al Señor, recordando el amor y abnegación del patriarca Abraham.

Después de haberles enseñado todas estas cosas, Prudencia los llevó al comedor y, en un bien afinado clavicordio, improvisó un cántico basado en las cosas que sus huéspedes acababan de ver, y que decía:

> *Para saludable aviso,*
> *el fruto de Eva os mostré,*
> *y la escala con los ángeles*
> *que vio Jacob en Bethel.*
> *Un áncora de gran precio*
> *os di para vuestro bien;*
> *mas estas cosas no bastan,*
> *si, como Abrám, no ofrecéis*
> *lo mejor en sacrificio,*
> *demostrando vuestra fe.*

---

[58] Génesis 28:12; Juan 1:51.
[59] Hebreos 6:19.
[60] Génesis 22:9.

CAPÍTULO XI

Los peregrinos, acompañados de Gran-Corazón, pasan felizmente por el valle de Humillación y visitan el lugar donde Cristiano se enfrentó a Apollyón.

Mientras escuchaban embelesados tan hermoso cántico, oyeron que llamaban a la puerta. Era Gran-Corazón, y grande fue el gozo de los peregrinos al verlo; su presencia les recordaba cómo poco tiempo antes había dado muerte, ante sus ojos, al feroz gigante Grima el Sanguinario, y los había librado de los leones. Tras saludar a Cristiana y Misericordia, les dijo:

Gran-Corazón. —Mi Señor me ha dado para cada una de vosotras una botella de mosto, junto con un poco de grano tostado y un par de granadas; para los muchachos, algunos higos y pasas. Os servirá de alimento y refrigerio durante el camino.

Luego, dispusieron la marcha, y Prudencia y Piedad los acompañaron un trecho. Cuando traspasaba la puerta, Cristiana preguntó al portero si alguien había pasado recientemente por aquel camino y le había traído noticias.

—No -contestó el portero-. Pero hace algún tiempo pasó por aquí uno que me contó que acababa de cometerse un robo importante en el camino real por donde habréis de pasar; pero -añadió- al parecer ya han capturado a los salteadores y pronto instruirán causa criminal contra ellos.

Las mujeres, al escuchar tales noticias, se quedaron un tanto asustadas. Pero Mateo les infundió ánimo:

Mateo. —No hay motivos para tener miedo, madre, puesto que el señor Gran-Corazón nos acompaña.

Cristiana se despidió afectuosamente del portero diciéndole:

Cristiana. —Estoy sumamente agradecida por las atenciones que has tenido conmigo desde que llegué a esta casa; y por el trato amoroso y cariñoso que has mostrado con mis hijos; no sé cómo recompensarte tales favores; pero en prueba de mi agradecimiento, te ruego tengas a bien aceptar esta minucia -y diciendo esto, le puso una pieza de oro en su mano.

El portero la saludó respetuosamente, y dijo:

Portero. –Que tus vestidos sean siempre blancos y no falte el óleo santo en tu cabeza. Que Misericordia viva y no escaseen sus obras.

Y a los muchachos dijo:

–Huid de las pasiones y los deseos juveniles, y seguid la santidad en compañía de aquellos que buscan vuestro bien y son sabios; de ese modo infundiréis gozo en el corazón de vuestra madre, y seréis admirados y alabados por todos aquellos que gozan de sano juicio.

Emprendida ya la marcha, avanzaron hasta llegar a la cima del collado. En aquel momento, Piedad recordó que había olvidado en la casa un regalo importante que deseaba entregar a nuestros viajeros, y regresó apresuradamente en su busca. Durante su ausencia, Cristiana escuchó, procedente de un bosque situado a la derecha del camino, a poca distancia de donde se encontraban, como un trino extraño de una armonía exquisita, que con palabras audibles, decía así:

> *Has mostrado tu favor*
> *en mi vida sin cesar;*
> *Y en tu casa, Dios de amor,*
> *para siempre he de morar.*

Escucharon con mayor atención, y se dieron cuenta de que otras armonías similares respondían a la primera, diciendo:

> *¿Por qué? Porque el Señor es bondadoso;*
> *segura para siempre es su piedad;*
> *y mientras pasa el tiempo presuroso,*
> *permanece inmutable su verdad.*

–¿De dónde proceden esas armoniosas melodías? -preguntó Cristiana a Prudencia.

–Son los pájaros de nuestros prados y bosques -le respondió Prudencia- no siempre cantan así, tan sólo en primavera, cuando aparecen las flores y los rayos del sol comienzan a dar su calor[61]; entonces, se les puede oír cantar durante todo el día. Con frecuencia salgo a escucharlos, a veces los tenemos también en casa. Cuando estamos algo abatidas de espíritu, nos hacen buena compañía; y convierten los bosques y lugares solitarios en sitios deliciosos y apetecibles.

Regresó Piedad, y dijo a Cristiana:

---

[61] Cantares 2:11,12.

Piedad. —Mira, te traigo una relación de las cosas que has visto en casa; os servirá para recordarlas con más facilidad y sacar así mayor edificación y consuelo de ellas.

Juntos, descendieron del collado hacia el valle de Humillación. La pendiente era pronunciada y el camino resbaladizo, pero caminando con mucha cautela, consiguieron bajar sin tropiezo. Una vez en el valle, Piedad dijo a Cristiana:

Piedad. —Ese es el lugar donde tu marido se encontró con el infernal Apollyón, y se trabó entre ellos la tremenda lucha de que sin duda habrás oído hablar. Pero ten ánimo; estando Gran-Corazón con vosotras, esperamos que tendréis mejor suerte.

En este punto del camino, y después de haberles encomendado al cuidado y protección de su guía, las doncellas se despidieron de los peregrinos y regresaron al Palacio Hermoso. Mientras seguían avanzando, Gran-Corazón les dijo:

Gran-Corazón. —No hay motivos para tener tanto miedo a este valle, pues aquí no hay nada que pueda dañarnos, a no ser que nosotros mismos atraigamos el mal. Es verdad que aquí Cristiano encontró a Apollyón, con quien tuvo una lucha encarnizada; pero aquella refriega fue resultado de los deslices que tuvo al bajar el collado; a los que resbalan allí les aguardan fuertes combates aquí. Por eso este valle tiene tan mala fama; pues la gente oye decir que a Fulano le ha ocurrido tal desastre en tal sitio y a Mengano en tal otro, y se imagina que el lugar es frecuentado por algún demonio o espíritu maligno, cuando lo cierto es que, por desgracia, las calamidades que aquí suceden a los viajeros son el fruto de sus propios deslices. Este Valle-de-Humillación es, en realidad, una comarca tan fértil como cualquier otra fecundada por el sol, y estoy convencido de que no será difícil que encontremos pronto algo que nos aclare el motivo por el cual Cristiano se vio tan apurado al atravesarlo.

Jaime. —¿Qué es aquella columna? Parece que hay algo escrito en ella; vamos a verlo.

Se acercaron a la columna y encontraron un letrero que decía:

«Los deslices de Cristiano, antes de llegar a este lugar, fueron la causa de la lucha que aquí tuvo que sostener con Apollyón; sirva esto de amonestación a todos aquellos que en lo sucesivo viajen por este camino».

Gran-Corazón. —¿No os dije que por aquí encontraríamos alguna explicación de los apuros de Cristiano?

Dicho esto, y dirigiéndose a Cristiana, añadió:

—Digo eso sin menosprecio alguno de Cristiano, ni de otros muchos que como él han corrido la misma suerte; pues, a diferencia de la mayoría de colinas, ésta es mucho más fácil subirla que bajarla; además, Cristiano alcanzó una victoria espléndida sobre su enemigo. ¡Quiera el que mora en las alturas que no nos sobrevenga a nosotros otra cosa peor, cuando, como él, nos toque pasar por la prueba!

Así seguían nuestros peregrinos, caminando por el Valle-de-Humillación, mientras Gran-Corazón les explicaba los detalles y pormenores del país:

Gran-Corazón. –En toda esta región no hay un territorio tan hermoso y fértil como éste. El terreno es rico, y ya veis cómo abundan los prados. Cualquiera que llegue aquí, como nosotros, en verano, aunque no sepa nada sobre este lugar, si sabe apreciar lo que se le ofrece a la vista, no podrá evitar recrearse con el paisaje. ¡Cuán verde está el valle! ¡Cuánto lo hermosean los lirios que en él crecen![62] He conocido a muchas personas de la clase trabajadora que han conseguido hacerse con importantes posesiones en esta comarca («Dios resiste a los soberbios y da gracia a los humildes»), ya que el terreno es muy fecundo y produce muchísimo. Muchos han lamentado no poder pasar directamente de este valle a la casa de su Padre Celestial, y evitar así las molestias que causa tener que atravesar los collados y montañas que hay más allá; pero el camino está trazado, y hay que seguirlo.

En esta agradable conversación andaban, cuando descubrieron la figura de un zagal, un muchacho que apacentaba las ovejas de su padre. Vestía ropa muy humilde, pero tenía el rostro risueño y era muy bien parecido; estaba sentado, y mientras vigilaba las ovejas, se distraía cantando.

–Escuchad lo que canta -dijo Gran-Corazón. Prestando un poco de atención, pudieron oír lo que cantaba:

> *Caer no teme quien en tierra yace;*
> *el que no tiene orgullo, no se eleva;*
> *Jesús en el humilde se complace*
> *y, como Guía, a su mansión le lleva.*

> *Con lo que Dios me da vivo contento,*
> *en estrechez lo mismo que en holgura;*
> *por seguirte, Señor, feliz me siento*
> *bajo tu santa protección segura.*

> *Es peso, la abundancia, al peregrino,*
> *que le impide marchar con ligereza;*
> *será mejor con poco en el camino,*
> *luego, tendrá la celestial riqueza.*

---

[62] Cantares 2:1.

Gran-Corazón. –¿Oís? Me atrevo a afirmar que ese humilde pastorcillo, con su túnica vieja y raída, tiene mayor alegría y un espíritu más tranquilo y sosegado que aquel que viste seda y terciopelo. Pero... sigamos hablando del valle.

En otro tiempo, nuestro Señor tenía una morada en este valle[63], y le gustaba mucho estar aquí; se complacía en pasear por esos prados y respirar su agradable brisa. En este lugar, uno se halla libre del ruido y bullicio de la vida. La confusión y el estrépito son inherentes a todos los demás estados de la vida; únicamente en el Valle de Humillación puede uno encontrar la tranquilidad y el retiro. Nada hay aquí que te estorbe en tus meditaciones, como suele haber en los demás sitios. Es un valle que nadie frecuenta sino aquel que ama la vida de peregrino; y si bien Cristiano tuvo la desgracia de encontrarse aquí con Apollyón y de tener que batirse furiosamente con él, también os puedo decir que en otras ocasiones, en este lugar, algunos se han encontrado con ángeles,[64] han hallado perlas preciosas y descubierto palabras de vida eterna.

No tan sólo nuestro Señor, como os decía, tenía en este valle una residencia y hallaba un placer especial en caminar por sus prados, sino que ha legado a todos los que viven en él, o lo atraviesan, una renta anual[65] para su manutención, que se les paga regular y fielmente, a fin de animarlos a proseguir su peregrinación.

Samuel. –Entiendo que en este paraje es donde mi padre y Apollyón se pelearon; pero ¿dónde, concretamente, tuvo lugar la batalla?, pues el valle es muy grande.

Gran-Corazón. –Pelearon a poca distancia de aquí, en un estrecho desfiladero, algo más allá del sitio llamado Llanura del Olvido; y que, por cierto, es la parte más peligrosa de estos contornos, pues si alguna vez los peregrinos sufren algún desastre, es precisamente cuando se olvidan de los favores que han recibido y de lo inmerecidos que éstos son. Muchos son los que -como Cristiano- también se han visto en serias dificultades en ese lugar; pero ya hablaremos con más detalle del lugar cuando lleguemos allí, porque estoy seguro de que debe de quedar todavía algún rastro del combate, o algún monumento para conmemorarlo.

Misericordia. –Me siento tan bien en este valle como en otro cualquiera del camino; me da la sensación de que el lugar está en armonía con mi espíritu. Me es muy grato estar donde no se percibe ruido de carruajes ni de engranajes; aquí uno puede, sin molestias ni estorbos,

---

[63] Mateo 20:28; Filipenses 2:7,8.
[64] Oseas 12:4,5.
[65] Mateo 11:29.

reflexionar sobre lo que es, de dónde ha venido, lo que ha hecho, y aquello a lo que el Rey le ha llamado; aquí puede uno meditar, humillarse y cultivar la pobreza de espíritu hasta que sus ojos lleguen a ser como «dos estanques de Hesbón».[66] Los que andan debidamente por este valle de lágrimas lo convierten en fuente de aguas[67] y la lluvia que Dios envía desde el cielo, llena los estanques. De este lugar, el Rey dará a los suyos sus viñas[68] y los que andan por ahí cantarán, como lo hizo Cristiano, a pesar de su encuentro con Apollyón.

Gran-Corazón. –Es verdad; muchas veces he atravesado este valle, y siempre me he sentido bien en él. He servido de guía a varios peregrinos, y ellos han comentado lo mismo: «Pues miraré, dice el Rey, a aquel que es pobre y humilde de espíritu, y que tiembla a mi palabra».[69]

En esto, llegaron al punto donde tuvo lugar el referido combate de Cristiano con Apollyón. Entonces Gran-Corazón les dijo:

Gran-Corazón. –Éste es el lugar del combate. Aquí, concretamente, es donde mantuvo su puesto de batalla Cristiano, y de allí salió Apollyón a su encuentro. Mira, Cristiana, estas piedras están manchadas todavía con la sangre de tu marido; y aún podemos ver por acá y por allá algunas astillas de los dardos rotos de Apollyón. Las hendiduras del terreno evidencian cuán fuertemente debieron golpear el suelo para afirmarse mejor el uno contra el otro, y cómo con sus golpes fallidos hicieron trizas numerosas piedras. En verdad, Cristiano se portó valerosamente, y mostró tanto arrojo como lo hubiera podido hacer el mismo Hércules. Cuando Apollyón quedó vencido, se refugió en el próximo valle, que es el de Sombra de Muerte, al cual pronto llegaremos. Mirad, allí hay un monumento con una inscripción que recuerda y conmemora, por los siglos sin fin, la gesta y la victoria que alcanzó Cristiano en este lugar.

Los peregrinos dirigieron sus pasos al monumento que se levantaba en el camino mismo, y leyeron la inscripción, que decía textualmente:

> *Aquí tuvo lugar un gran combate,*
> *bien extraño, no obstante verdadero:*
> *Cristiano y Apollyón, valientes ambos,*
> *provistos de sus armas se batieron.*
> *Mas Cristiano luchó con tal destreza,*
> *que puso en fuga a su enemigo fiero;*
> *y en memoria del triunfo se levanta*
> *este noble, perenne monumento.*

---

[66] Cantares 7:4.
[67] Salmo 84:6,7.
[68] Oseas 2:15.
[69] Isaías 66:2.

CAPÍTULO XII

Los peregrinos se ven en serios apuros en el Valle de Sombra-de-Muerte, pero auxiliados por el Todopoderoso, salen de él sin daños. Lucha sangrienta entre Gran-Corazón y el gigante Aporreador, al que el guía termina por dar muerte.

Dejando atrás el lugar de la batalla, llegaron a la entrada del valle de Sombra-de-Muerte. Este valle era más largo que el otro; en él abundaban peligros espantosos, como muchos pueden testificar; pero nuestros viajeros, aunque con dificultades, lograron atravesarlo mejor de lo que era de esperar, gracias a que contaban con la luz del día a su favor y la presencia y apoyo de su guía.

Al internarse en el valle, les pareció escuchar gemidos horribles de seres humanos en la agonía de la muerte, voces lastimeras en extremo, y lamentos como de personas sufriendo tormentos espantosos. Tales ruidos hicieron temblar a los muchachos, y a la vez palidecer y estremecerse a las mujeres.

Animados, sin embargo, por el guía, avanzaron hasta llegar a un lugar donde sintieron que la tierra temblaba debajo de sus pies, como si hubiese un hueco; escucharon también unos silbidos como de serpientes, pero, por el momento, no distinguían nada a su alrededor.

—¿Aún no hemos llegado al fin de este horrible lugar? -preguntaron inquietos y asustados los muchachos.

Gran-Corazón les exhortó a que levantaran el ánimo, y que mirasen muy bien dónde ponían los pies para no caer en algún lazo. El pequeño Jaime se sintió enfermo; pero, al parecer, la causa principal de su indisposición no era más que el miedo que sentía. Su madre le dio un trago de la botella que le habían proporcionado en casa de Intérprete y un poco de la medicina que el señor Experto había preparado, y con ello, el niño se repuso un poco. Así, siguieron valle adentro hasta llegar más o menos a la mitad, donde Cristiana exclamó:

Cristiana. —Me parece que veo algo en el camino, delante de nosotros, una cosa fea y deforme cual nunca he visto.

José le insistió en que concretara más que era lo que veía, pero ella no supo dar otra razón, aparte de que, fuera lo que fuera, se acercaba a ellos a gran velocidad.

–Bien -dijo Gran-Corazón-. Los que estén más asustados, que se aproximen a mí.

La criatura infernal se acercaba, y el guía avanzaba directo hacia ella; pero he aquí que, cuando ya faltaba muy poco para que se encontraran, de repente, el enemigo se desvaneció. Entonces se acordaron de lo que anteriormente se les había dicho: «Resistid al diablo, y de vosotros huirá».[70]

Después de este suceso, continuaron el camino algo más calmados y animados; pero al poco tiempo, Misericordia -echando una mirada hacia atrás- creyó haber visto un león que venía corriendo detrás de ella. La fiera lanzaba unos rugidos aterradores, que se repetían -por efecto del eco- en todo el valle, aterrorizando a todos menos al guía. Al ver que ya casi los alcanzaba, Gran-Corazón se colocó entre la fiera y los viajeros, disponiéndose a resistirla; pero cuando el león vio que el guía estaba decidido a oponerle resistencia, se retiró y cesó de molestarlos.[71]

Continuaron su marcha, precedidos siempre del guía, hasta un punto donde el camino se cortaba por un foso, y antes de que pudieran tomar las medidas necesarias para salvarlo, se vieron envueltos por una espesa y densa niebla que los dejó a oscuras. Los peregrinos se creyeron ya perdidos.

–¿Qué haremos ahora? -exclamaron. Pero el guía calmó su angustia, diciéndoles:

–No temáis; quedaos quietos y veréis que esta dificultad también desaparece. Permanecieron inmóviles por un tiempo, pero ello hizo que el ruido de sus enemigos infernales, que parecían correr de una a otra parte, se multiplicara y distinguieron con más claridad las llamas y la humareda del abismo. Entonces Cristiana dijo a Misericordia:

Cristiana. –Ahora veo los horrores por los que tuvo que pasar mi marido. Mucho he oído hablar de este lugar, pero no sabía muy bien lo que era. El pobre, pasó por aquí solo y en la oscuridad de la noche, mientras estos demonios rugían a su alrededor como queriendo despedazarle. Muchos son los que hablan del Valle de Sombra-de-Muerte, pero nadie puede saber lo que es, en realidad, hasta que se encuentra en él: «El corazón conoce la amargura de su alma, y extraño no se entrometerá en su alegría».

---

[70] Santiago 4:7.
[71] 1ª Pedro 5:8,9.

Gran-Corazón. –Esto es como «hacer negocio en las muchas aguas»[72] o bajar a los abismos; es como estar en el corazón de la mar o descender a los fundamentos de las montañas; ahora nos parece que la tierra -con sus cerrojos y barras- nos tiene encerrados para siempre, pero «que los que caminan en tinieblas y carecen de luz, confíen en el nombre del Señor y se apoyen en su Dios».[73] Por mi parte, como ya os he dicho, he atravesado este valle muchas veces, y he encontrado mayores peligros que hoy encontramos; y sin embargo, como podéis ver, sigo con vida. No quiero vanagloriarme de ello, porque no soy mi propio valedor, pero confío que en nuestro Salvador nos enviará pronto socorro. Venga, pidamos luz a Aquel que puede alumbrar nuestras tinieblas, y que es poderoso para reprender, no a estos demonios solamente, sino también a todos los que se hallan en los antros del infierno.

Así pues, alzaron unánimes la voz en demanda de socorro, y Dios atendió su oración enviándoles luz, que les permitió ver que ya no había foso ni obstáculo alguno delante suyo. Con todo, todavía no estaban, ni mucho menos, en la salida del valle, por lo que tuvieron que seguir avanzando, en medio de hedores fétidos y repugnantes, que les hacían el camino muy difícil.

–¡Qué horrible es este lugar! -dijo Misericordia a Cristiana- ¡Qué distinto de la Puerta Estrecha, de la casa de Intérprete, o del Palacio Hermoso de donde venimos!

–Cierto -asintió Samuel-, pero se hace más llevadero por la esperanza de que pronto saldremos de él; lo terrible sería tener que permanecer aquí para siempre. Además, imagino que una de las razones por las que el camino de los peregrinos pasa por este valle siniestro, debe de ser para que así la casa celestial que les está preparada se les haga -por contraste- más agradable y deleitosa.

Gran-Corazón. –Bien has dicho, Samuel; has hablado como un hombre sabio.

Samuel. –Tened por bien seguro que, si salgo de aquí, apreciaré la luz y el buen camino mucho más de lo que lo he apreciado hasta ahora a lo largo de mi vida.

Gran-Corazón. –No tardaremos mucho en salir.

José. –¿No se vislumbra aún la salida?

Gran-Corazón. –De momento, lo que debéis hacer es tener mucho cuidado de dónde ponéis los pies, porque estamos llegando a una zona llena de cepos, lazos y redes.

---

[72] Salmo 107:23.
[73] Isaías 50:10.

Avanzaron, pues, con mucho cuidado; pero los cepos y lazos les inquietaban mucho. En el lado izquierdo del camino, en una zanja, descubrieron el cadáver de un hombre con las carnes desgarradas.

–Aquél -les explicó el guía- es el cadáver de un tal Descuidado, que llevaba el mismo camino que nosotros, pero hace mucho tiempo que yace ahí. Cuando fue atrapado y perdió la vida, le acompañaba un tal Cauteloso, que consiguió escapar de las manos de los que le acechaban. ¡No podéis ni imaginaros cuántos se pierden en esta zona! Y sin embargo, la mayoría de los humanos son tan locos y atrevidos que emprenden el viaje de peregrinación solos, sin ayuda ni dirección de ningún guía, convencidos de que por sí mismos podrán salvar todos los peligros y llegar a su destino. ¡Pobre Cristiano! Fue un milagro que sin un guía consiguiera librarse de estos peligros; pero era muy amado de su Dios, y también poseía un corazón sincero y valiente; de otro modo, nunca hubiera salido vivo de este valle.

Se aproximaban ya a la salida del valle, y al llegar al lugar donde Cristiano había visto la cueva de Papa y Pagano, les salió al encuentro un gigante, llamado Aporreador, cuya misión era seducir a los jóvenes peregrinos con sus supercherías. El gigante, llamando a Gran-Corazón por su nombre, le dijo:

Aporreador. –¡Cuántas veces se te ha prohibido que hagas esto!

Gran-Corazón. –¿A qué te refieres?

Aporreador. –¿A qué me refiero? Sabes muy bien a qué me refiero; pero pronto acabaré de una vez por todas con tu contrabando de peregrinos.

Gran-Corazón. –Está bien; antes de batirnos, aclaremos los motivos de nuestra disputa.

Mientras duraba este diálogo, los peregrinos temblaban de miedo, sin saber exactamente qué hacer. El gigante prosiguió diciendo:

Aporreador. –Robas en nuestro país y tus robos son de lo más delezables. ¡Incalificables!

Gran-Corazón. –Lo que dices no es más que una acusación vaga y sin fundamento; plantea casos y hechos concretos.

Aporreador. –Traficas con carne humana; raptas a mujeres y niños, súbditos de mi amo, y te los llevas a un país extranjero, con gran pérdida, detrimento y quebranto del reino de mi señor.

Gran-Corazón. –Soy un siervo del Dios del cielo; mi trabajo es el de persuadir a los hombres a que se arrepientan. Se me ha confiado la misión de hacer todo lo que esté en mi mano para que el mayor número posible de hombres, mujeres y niños «se conviertan de las tinieblas a la luz, y de la potestad de Satanás a Dios».[74] Y si éste es el delito del que me acusas y la causa de tus amenazas, entonces, está bien, trabemos combate cuando gustes.

---

[74] Hechos 26:18.

El gigante avanzó, armado con una enorme porra, y Gran-Corazón fue a su encuentro, desenvainando y empuñando su espada. Sin más palabras ni preámbulos, comenzó el combate; al primer garrotazo de su adversario, Gran-Corazón cayó al suelo, doblándose sobre una de sus rodillas. Al ver esta comprometida situación de su defensor, los niños y las mujeres profirieron gritos de angustia; pero el guía, recobrándose de inmediato, se puso nuevamente en pie y acometió contra su adversario con tanto brío, que le hirió en un brazo. Así continuaron luchando, por espacio de una hora, llegando ambos a fatigarse hasta tal extremo, que al gigante se le escapaba el aliento por la nariz como vapor que sale de una caldera hirviente.

Pactaron una breve tregua, y el gigante se sentó a descansar, mientras Gran-Corazón se entregaba a la oración. Los peregrinos, no cesaron de lanzar suspiros y de llorar durante todo el tiempo que duró el combate.

Recuperadas las fuerzas, retomaron la lucha. Gran-Corazón, de un golpe certero, hizo que el gigante cayera redondo al suelo mordiendo el polvo.

—¡Alto! -exclamó éste-. Debes permitir que me levante.

Gran-Corazón, en cumplimiento de las leyes del honor, dejó que se pusiera nuevamente en pie, y empezó de nuevo el furioso combate. Con un fuerte garrotazo, Aporreador por poco rompe el cráneo de Gran-Corazón, en vista de lo cual, éste, encendido en espíritu, se abalanzó sobre su adversario y logró darle una estocada debajo de la quinta costilla. Al gigante, agotado y desfallecido, no le quedaban casi fuerzas para levantar su porra y Gran-Corazón, de otro golpe certero, le cortó la cabeza.

El regocijo de los peregrinos al ver muerto a su enemigo, fue enorme; y Gran-Corazón, no menos contento, dio humildemente gracias a Dios por la victoria que le había concedido. Cumplido este deber, levantaron entre todos una columna, sobre la que colocaron la cabeza del gigante, situando debajo el siguiente letrero para que otros peregrinos lo pudieran leer claramente:

Ésta fue la cabeza de un gigante
que a todos los peregrinos molestaba,
para impedir que siguieran adelante,
y todo el mal posible les causaba.
Mas yo, Gran-Corazón, siempre anhelante
de guiarlos, cual Cristo me ordenaba,
luché con él y le dejé vencido,
destruyendo adversario tan temido.

CAPÍTULO XIII

Los peregrinos se cruzan con Integridad, quien se une al grupo proporcionándoles una agradable y provechosa compañía. Conversación sobre las dificultades y temores de Receloso, y su final feliz.

A poca distancia de donde tuvo lugar este combate, había una plataforma levantada con el propósito de que, encaramados a ella, los peregrinos pudieran disfrutar de un panorama más extenso. Fue encaramado a ella que Cristiano vio por primera vez a su compañero Fiel. En cuanto llegaron al lugar, nuestros viajeros se sentaron para descansar y reparar sus fuerzas comiendo un poco, felices y contentos de verse libres de tan peligroso enemigo.

Mientras comían, Cristiana preguntó a Gran-Corazón qué daños había sufrido en la refriega.

Gran-Corazón. –Ninguno, salvo unos ligeros rasguños en la carne; y éstos, lejos de dolerme, de momento sirven como prueba de mi amor hacia mi Señor y hacia vosotros; en el futuro servirán, por la gracia de Dios, para aumentar mi galardón.[75]

Cristiana. –Pero, ¿no sentiste miedo cuando le viste salir con aquella enorme porra?

Gran-Corazón. –Mi deber es desconfiar de mi propia habilidad y de mis propias fuerzas, a fin de poner toda mi confianza en Aquél que es más poderoso que todos nosotros.

Cristiana. –¿Qué pensaste cuando te derribó al primer golpe?

Gran-Corazón. –Me acordé de que así fue también tratado mi Señor. También Él fue derribado al principio y, no obstante, se levantó al fin con la victoria.

Mateo. –Que cada uno piense lo que quiera; por mi parte, considero que Dios ha mostrado de forma maravillosa su bondad con nosotros sacándonos del valle tenebroso y librándonos de la mano de este poderoso enemigo. Me parece que ya no tenemos razón alguna para desconfiar más de Dios, en vista de la admirable prueba de su amor que acaba de darnos en un lugar tan tétrico como éste.

---

[75] 2ª Corintios 4.

Siguieron adelante, y al cabo de un trecho, sentado debajo de un roble, encontraron a un anciano peregrino, durmiendo profundamente. Supieron que era peregrino por sus vestidos, su bordón y su cinturón. El guía le despertó, y el hombre, levantando la mirada, preguntó azorado:

—¿Qué pasa? ¿Quiénes sois y qué queréis de mí?

Gran-Corazón. —No te asustes, buen hombre; somos amigos.

Pese a estas palabras tranquilizadoras de Gran-Corazón, el anciano se levantó bastante asustado al no reconocer exactamente quiénes eran los recién llegados. Entonces, para tranquilizarlo un poco más, Gran-Corazón añadió:

—Me llamo Gran-Corazón; soy el guía de estos peregrinos que se dirigen al país celestial.

—Os suplico que disculpéis mis recelos y mi desconfianza -dijo entonces el anciano, que se llamaba Integridad-. Temía que formarais parte de la banda de salteadores que hace poco asaltó y robó a Poca-Fe; pero ahora, al miraros más de cerca, me doy cuenta de que sois personas honradas.

Gran-Corazón. —¿Y qué hubieras podido hacer para defenderte, en caso de que hubiésemos sido salteadores de caminos?

Integridad. —¿Qué habría hecho? Hubiera luchado con todas mis fuerzas hasta mi último aliento, y de este modo, estoy seguro que jamás me habríais vencido. Un cristiano no puede ser vencido, a no ser que él mismo se rinda y sucumba por su propia voluntad.

Gran-Corazón. —¡Te felicito, amigo! Has dicho la verdad; veo que eres moneda auténtica, de buena ley.

Integridad. —Yo también me doy cuenta de que sabes bien lo que es la verdadera vida de peregrinación, pues todos los demás se figuran que somos vencidos fácilmente.

Gran-Corazón. —Ya que hemos tenido este feliz encuentro, te ruego me digas tu nombre y el de la ciudad de donde procedes.

Integridad. —Por lo que hace referencia a mi nombre, no puedo satisfacerte; en cuanto a mi procedencia, vengo de un pueblo llamado Estupidez, que se encuentra a muchas leguas más allá de la ciudad de Destrucción.

Gran-Corazón. —¡Ah! ¿Conque eres tú, eh? Me parece que ya adivino tu nombre: te llamas Integridad ¿no es así?

El anciano se sonrojó.

Integridad. —Bueno; Integridad en un sentido absoluto, no. Sin embargo, así es como me llaman; y bien quisiera que mi carácter correspondiera a mi nombre. Pero, ¿cómo has podido adivinar mi nombre simplemente con saber el lugar de donde vengo?

Gran-Corazón. –Había oído hablar de ti a mi Señor, quien sabe todo cuanto pasa en la tierra. ¿Sabes? En más de una ocasión me ha extrañado que alguien de tu ciudad, como es tu caso, emprendiera el camino de la peregrinación; porque por lo que sé, tu ciudad es peor aún que la misma ciudad de Destrucción.

Integridad. –Sí, es cierto. Vivimos más alejados de las influencias directas del Sol de Justicia y, en consecuencia, somos más fríos y estúpidos; pero aun cuando un hombre se halle encima de una montaña de hielo, si el Sol de Justicia resplandece sobre su helado corazón, se derrite; y ésa es mi experiencia, así fue conmigo.

Gran-Corazón. –Así lo creo, padre Integridad, así lo creo, pues sé que lo que dices es verdad.

El anciano saludó personalmente a cada uno de los peregrinos con el ósculo santo de caridad, y les preguntó cómo se llamaban y cómo les había ido desde que emprendieron su viaje.

Cristiana. –Mi nombre, sin duda, no te será desconocido; el buen Cristiano era mi esposo, y estos cuatro muchachos son sus hijos.

¡Qué arrebato de gozo tuvo el bueno de Integridad al oír esto! Incluso dio saltos de alegría como un joven, soltó risas como un niño. Y los bendijo a todos con mil deseos de prosperidad, diciendo:

Integridad. –Mucho he oído hablar de tu marido, de su viaje y de las luchas que sostuvo durante su vida. Te diré, para tu consuelo, que su fama se ha extendido por todas partes. Su fe, su valor, su paciencia en los sufrimientos y su sinceridad en todo, han hecho célebre su nombre. Al enterarse de los nombres de los muchachos, les dijo:

Integridad. –Mateo, sigue a Mateo el publicano; no, ciertamente, en el vicio, pero sí en la virtud.[76]

Samuel, sé como Samuel el profeta, hombre de fe y de oración.[77]

José, como José en casa de Potifar, sé casto y huye de la tentación.[78]

Y tú, Jaime, imita la conducta de Jacobo el justo y de Jacobo el hermano del Señor.[79]

Cuando luego le hablaron de Misericordia, y de cómo había abandonado su ciudad dejando a sus parientes para acompañar a Cristiana y a sus hijos, añadió:

–Misericordia es tu nombre, y la misericordia te sostendrá y conducirá a través de todas las dificultades que te asalten por el camino, hasta que llegues donde podrás mirar cara a cara a Aquél que es la fuente de toda misericordia.

---

[76] Mateo 10:3.
[77] Salmo 99:6.
[78] Génesis 39.
[79] Hechos 1:13,14.

Mientras caminaban juntos, el guía -que había escuchado con complacencia las palabras de su nuevo compañero de viaje- le preguntó si había conocido a un tal Receloso, que salió de la misma comarca que él para ir también en peregrinación.

Integridad. –Sí, le conocía bien. Era un hombre bueno y piadoso, que tenía la semilla de la fe en su corazón. Pero también, y no me queda más remedio que decirlo, era el peregrino más pesado y difícil de soportar de todos cuantos he conocido.

Gran-Corazón. –Ya me doy cuenta de que le conocías bien, puesto que le has descrito exactamente tal y como era.

Integridad. –¿Que si le conocía, dices? Fuimos compañeros íntimos durante mucho tiempo, y estábamos juntos cuando por primera vez le asaltaron los temores acerca de su futuro.

Gran-Corazón. –Pues yo fui su guía desde la casa de mi amo hasta las puertas de la Ciudad Celestial.

Integridad. –En ese caso, ya debes saber lo pesado que era y lo incómoda que resultaba su compañía.

Gran-Corazón. –Es verdad; pero a mí no me fue difícil soportarlo, porque los de mi profesión con frecuencia recibimos el encargo de acompañar y hacer de guía a personas semejantes.

Integridad. –Cuéntanos algo más de él; quisiéramos saber cómo se comportó mientras estuvo en tu compañía.

Gran-Corazón. –Es cierto, se pasaba los días quejándose y lamentándose, temeroso de que nunca alcanzaría la meta y jamás llegaría a su destino. Por cualquier cosa que escuchara o que le dijeran en oposición a sus ideas, o a la menor dificultad, se asustaba. Dicen que se pasó más de un mes gimiendo y llorando en la orilla del Pantano de la Desconfianza; no se atrevía a aventurarse en sus aguas, por más que vio, repetidamente, que otros peregrinos lo atravesaban, y algunos incluso le ofrecieron la mano para ayudarle. Pero tampoco quería retroceder. Alegaba que moriría de pena si no conseguía llegar a la Ciudad Celestial; y, sin embargo, se abatía a la más mínima dificultad que se le presentaba, y tropezaba en cada paja que hallaba en su camino. Como os digo, después de haber permanecido postrado mucho tiempo a la orilla del pantano, un día de sol se aventuró a atravesarlo, y lo consiguió con tanta facilidad que, una vez en la orilla opuesta, apenas podía creerlo. Su problema, me parece, era que tenía un Pantano de Desconfianza en su mente, un pantano que arrastraba consigo por todas partes; de otro modo, no se explica su actitud. Llegó a la Puerta Estrecha que, como sabéis, está al principio de este camino, y allí también aguardó mucho tiempo sin atreverse a llamar. Cada vez que la puerta se abría, se retiraba, cediendo su lugar a otros, pues decía que él no era digno de entrar. De modo que muchos que llegaron bastante después que él, entraron primero que él. Allí se quedaba acurrucado, temblando, daba lástima verlo; pero tampoco quería volver atrás. Al fin, como sucedió en el Pantano, un día agarró la aldaba y dio un par de golpecitos suaves; inmediatamente le abrieron la Puerta y le franquearon el paso, pero él se retiró asustado como había hecho ya tantas veces. Entonces salió el portero y le dijo:

–¡Eh, tú que tiemblas! ¿Qué quieres?

Asustado y receloso, al oír esto cayó en tierra. El portero, al verlo tan abatido de ánimo, se maravilló, y le alentó diciendo:

–La paz sea contigo; levántate, pues has sido bendecido.

Al oír esto, se levantó y entró temblando; pero incluso después de pasar la Puerta, ya dentro, se avergonzaba de mostrar su rostro. Al cabo de un tiempo de tenerlo hospedado y bien tratado, en la manera que vosotros ya conocéis, le dijeron que debía proseguir su camino y le indicaron la senda que había de tomar. Anduvo por ella hasta llegar a nuestra casa; pero, tal como había hecho ante la Puerta Estrecha, lo mismo hizo a la puerta de la casa de mi Señor el Intérprete. Antes de que cobrara el valor suficiente para llamar, se quedó afuera, aguantando el frío y la intemperie, y precisamente en aquella época las noches eran largas y frías. Eso sí, ¡no quería volver atrás! Llevaba consigo una carta de recomendación dirigida a mi Señor, encareciéndole que lo recibiese y agasajase, y que le proporcionase también un guía fuerte y valiente para continuar el camino, puesto que se trataba de una persona medrosa y pobre de espíritu; y, sin embargo, a pesar de tener la carta, temía llamar a la puerta. Así estuvo, vagando alrededor de la casa, hasta que se vio casi muerto de hambre. Tan profundo era su estado de abatimiento, que no se sentía con ánimos de llamar, a pesar de contemplar, una y otra vez, cómo tantos otros eran admitidos con sólo pedir la entrada. Por fin, un día, mirando yo por una ventana, vi a un hombre que vagaba alrededor de la puerta, salí y le pregunté quién era; pero no me contestó. ¡Pobre hombre! Sus ojos se llenaron de lágrimas, y por eso adiviné que deseaba entrar.

Notifiqué el incidente a los demás en la casa y decidimos participarlo a nuestro Señor. Éste me envió de nuevo a suplicarle que entrase, y bastante trabajo me costó conseguirlo. Finalmente, después de mucho rogarle, accedió a mis súplicas y entró; y dicho sea de paso, en honor de mi Señor, se le trató con un cariño especial y fue objeto de atenciones extraordinarias. No había bocado delicado en la mesa del que no se depositase parte en su plato. Entonces entregó la carta a mi Señor, quien (después de leerla) dijo que se atenderían sus deseos. Tras un tiempo de permanecer en la casa, dio la sensación de que había cobrado algo más de ánimo y que se sentía más cómodo, pues como sabéis, mi amo es muy tierno y compasivo, especialmente con los que son temerosos y, en consecuencia, hizo todo lo que estaba en su mano para infundirle confianza.

Cuando hubo visto las enseñanzas alegóricas de la casa y estaba listo para continuar su viaje, mi amo le dio (como antes a Cristiano) una botella de mosto y algunas cosas apetitosas para comer. Ambos emprendimos la marcha, situándose él detrás de mí; pero era hombre de pocas palabras y tenía la costumbre de lanzar fuertes suspiros. Cuando llegamos a la horca donde estaban colgados aquellos tres pillos: Simple, Pereza y Presunción, comenzó a lamentarse, temeroso de que lo mismo le sucedería a él. En cambio, se alegró mucho al ver la cruz y el sepulcro; decidió quedarse allí para contemplarlos tranquilamente; y lo cierto es que esta visión le proporcionó buen ánimo por un tiempo. Al llegar al collado Dificultad, no vaciló en subirlo, ni mostró mucho miedo de los leones. Curiosamente, sus temores e inquietudes no era motivados por los peligros externos; lo que dañaba su ánimo no eran tanto las dificultades inminentes; lo que más le afectaba era el miedo que le infundía la duda sobre si sería aceptado o no al término de su viaje.

Le obligué a entrar en el Palacio Hermoso antes de lo que él hubiera deseado y, una vez dentro, le presenté, una a una, a las doncellas de la casa; pero estaba excesivamente asustado y demasiado inquieto como para disfrutar de su compañía. Su anhelo era estar solo, aunque le gustaban las pías conversaciones de las doncellas y a menudo se ocultaba detrás de la mampara del salón para escucharlas. Mucho le agradaba también contemplar las cosas antiguas y meditar en ellas. Más tarde, me confesó que había hallado un especial placer en estar en las otras dos casas, es decir, en la de la Puerta Estrecha y la de Intérprete, pero que no se había atrevido a preguntar nada.

Salimos del Palacio Hermoso y bajamos por la cuesta que conduce al Valle de Humillación. Os digo que jamás he visto a un hombre bajarla mejor; no le importaba cuánto le fuera necesario humillarse, con tal que pudiese alcanzar al fin la bienaventuranza. Me dio la sensación de que había una especie de empatía entre él y aquel valle, porque en toda su peregrinación nunca le vi más contento y feliz que en aquel lugar. Se tendía en el suelo, abrazaba la tierra e incluso besaba las flores que crecían en el valle.[80] Se levantaba cada mañana al rayar el alba, y se paseaba feliz por aquellos contornos.

Pero cuando llegamos a la entrada del Valle de Sombra-de-Muerte, temí perderlo; no porque tuviese inclinación a retroceder (ésa era

---

[80] Lamentaciones 3:27-29.

una idea que siempre rechazó con tenacidad), sino más bien porque estaba a punto de morir de miedo. «¡No, no, por favor, los fantasmas me agarrarán! ¡Seré presa de los demonios!» exclamaba aterrorizado; y yo no conseguía de ningún modo convencerle de lo contrario. Lanzó tantos gritos de pánico, que temí que sus alaridos provocaran algún ataque. Pero una cosa me llamó especialmente la atención: ni antes ni después he visto el valle tan tranquilo como lo vi en aquella ocasión. Supongo que los enemigos se hallaban refrenados por algún mandato especial del Señor, que les había prohibido desmadrarse y hacer de las suyas hasta que Receloso no hubiera atravesado el valle.

Sería demasiado largo y agotador contároslo todo con detalle; de modo que me limitaré a un par de incidentes más.

Al llegar a la Feria de Vanidad, adoptó una actitud muy extraña, desafiante; por un momento pensé que iba a pelearse y batirse con todos los ferriantes; tan colérico se puso contra sus locuras, que temí que nos matasen a garrotazos. En Tierra-Encantada se mostró muy cauteloso y vigilante. Pero cuando llegó al río, donde no había puente, nuevamente fue presa del pánico y cayó abatido. «Ahora -gemía y se lamentaba- voy a perecer aquí ahogado, y nunca, nunca alcanzaré a gozar de la visión de aquel rostro inefable por el que tantas leguas he viajado».

También me llamó la atención una cosa curiosa, y es que el agua del río estaba aquel día en su nivel más bajo, más de lo que jamás haya visto; de modo que, finalmente, lo atravesó prácticamente en seco. Mientras subía hacia la puerta de la ciudad, comencé a despedirme de él, deseándole un feliz recibimiento.

–Sí, sé que lo tendré, no cabe duda -exclamó.

Y dichas estas palabras, nos separamos, y no volví a verlo.

Integridad. –Así que, por lo que me dices, al final, todo le salió bien.

Gran-Corazón. –Sí, nunca dudé que así sería; era un hombre de un espíritu hermoso, tan sólo que siempre estaba muy abatido,[81] y esta actitud hacía que su vida fuese una carga para él mismo y una molestia para los demás. Sobre todo, era muy sensible y extremadamente delicado de conciencia. Temía hasta tal extremo perjudicar a otros, que con frecuencia se privaba de cosas lícitas con tal de no hacer tropezar a otros.[82]

Integridad. –Pero, ¿cuál crees tú que pueda ser la razón para que un hombre tan bueno y justo se pasara casi toda su vida dudando, temeroso y en tinieblas?

---

[81] Salmo 88.
[82] Romanos 14:21; 1ª Corintios 8:18.

Gran-Corazón. –Pienso que la única explicación a esto es que el Dios Omnisciente, que sabe el porqué de todas las cosas, lo quiere así: algunos tañen y otros endechan.[83]

El señor Receloso era uno de los que, al tocar, le correspondían siempre las notas graves de la partitura. Como tantos otros de su mismo carácter, digamos que "tocaba el Bajo", los instrumentos de notas más lúgubres; aunque, por cierto, y dicho sea de paso, algunos dicen que el Bajo es el soporte de todo el conjunto orquestal, el soporte de la armonía musical. Personalmente, desconfío de toda profesión de fe y piedad que no empiece con la aflicción de espíritu. Las primeras notas que toca el músico cuando quiere afinar un instrumento, son las notas graves, las cuerdas del bajo; así también Dios, cuando afina para sí el alma de una persona, toca primero estas cuerdas. El defecto de Receloso no fue el de emitir sonidos graves y lúgubres; su defecto fue que no supo producir otros sonidos musicales hasta que estuvo ya cerca de su fin.

(Utilizo este lenguaje metafórico para contribuir a desarrollar la imaginación de mis jóvenes lectores, y además porque en el libro del Apocalipsis se compara a los redimidos a un grupo de músicos que, acompañándose con sus trompetas y arpas, entonan sus cánticos delante del trono de Dios).[84]

Integridad. –De lo que nos has contado, se desprende que Receloso era un hombre lleno de celo; no temía en lo más mínimo las dificultades, los leones, ni la Feria de Vanidad; lo único que le infundía terror era el pecado, la muerte y el infierno, porque abrigaba algunas dudas acerca del derecho que tenía al país celestial. ¿Estoy en lo cierto?

Gran-Corazón. –Estás en lo cierto. Estas eran, precisamente, las cosas que le inquietaban; y procedían, como bien has dicho, no tanto de alguna debilidad de espíritu con respecto a la parte práctica de la vida de peregrinación, sino más bien de sus dudas y la flaqueza de su ánimo acerca de las promesas futuras; en este sentido, cabe asegurar que ningún obstáculo físico hubiera podido desviarlo de su camino; pero nadie fue capaz de librarle de sus dudas teóricas y sus temores mentales.

Cristiana. –Este relato acerca de Receloso me ha sido de gran utilidad, pues estaba convencida de que en el mundo no había habido nadie tan afligido como yo; pero veo que las aflicciones sentidas por ese buen hombre tienen mucha semejanza con las mías. Sólo nos diferenciamos en dos cosas: por un lado, sus penas eran tan graves que salieron a la superficie, mientras que las mías las guardé escondidas en

---

[83] Mateo 11:16-18.
[84] Apocalipsis 8:2; 14:2,3.

el corazón. Por otro, las suyas, una vez admitidas y reconocidas, le lastraron en su viaje, hasta el punto de impedirle incluso llamar a las casas preparadas para nuestro hospedaje; mientras que las mías, escondidas dentro, ejercían tal presión, que me obligaron a llamar con desespero y con todas mis fuerzas.

Misericordia. –En honor a la verdad y para alivio de mi corazón, debo admitir que yo también he compartido mucho de este espíritu pusilánime que embargaba a Receloso; pues siempre he sentido más temor al infierno y a la posible pérdida de un lugar en el Paraíso, que a la pérdida de otras cosas materiales. ¡Ay de mí! -me decía constantemente a mí misma- ¡qué no haría yo para alcanzar la felicidad de poseer una morada en la Ciudad Celestial, aunque para conseguirlo tuviera que sacrificar todo aquello que más aprecio en este mundo!

Mateo. –A mí, el temor me hacía creer que estaba aún muy lejos de poseer en mi interior lo que acompaña a la salvación; pero ahora, viendo lo que le pasó a un hombre tan bueno como Receloso, ¿qué razón tengo para dudar que también yo, al fin, triunfaré del todo?

Jaime. –Sin temor no hay gracia posible. Pues aunque no siempre hay gracia donde sólo existe temor al infierno, es cierto que donde no hay temor de Dios, tampoco existe la gracia.

Gran-Corazón. –Bien dicho, Jaime; has dado en el blanco: «El temor de Dios es el principio de la sabiduría».[85] Y dicho sea de paso, los que no tienen ese principio y carecen de temor, carecen también del medio y del fin. ¡Ojalá que, en este particular, fueran muchas más las personas que se asemejasen a nuestro amigo Receloso!

---

[85] Proverbios 1:7.

CAPÍTULO XIV

Los peregrinos analizan en su conversación la experiencia de Terco y llegan a la posada de Gayo, donde son recibidos con cariño y afecto.

Gran-Corazón puso con estas palabras término a su narración sobre Receloso, pero no por ello decayó la conversación entre ellos, pues Integridad comenzó enseguida a contar su experiencia con un tal Terco.

—Éste -dijo el anciano- aparentaba ser peregrino, pero estoy persuadido de que nunca entró por la Puerta Estrecha.

Gran-Corazón. —¿Se lo preguntaste con claridad alguna vez?

Integridad. —Sí, más de dos veces; pero siempre eludía el tema. Su carácter cuadraba con su nombre: era muy obstinado. No hacía caso ni de personas, ni de argumentos, ni de ejemplos; hacía siempre lo que se le antojaba, y ningún intento de persuasión podía con él.

Gran-Corazón. —¿Sabrás al menos por qué principios se regía?

Integridad. —Su teoría era que los vicios son compatibles con las virtudes y que, compaginando ambos correctamente, uno se salva seguro.

Gran-Corazón. —¿Cómo? Si hubiera dicho que incluso aquellos que poseen las mejores virtudes pueden caer eventualmente en vicios, no podríamos contradecirle, porque nadie está exento totalmente de vicios, antes debemos velar constantemente para resistirlos y evitarlos. Pero, si no entiendo mal lo que me dices, ese sujeto sostiene que es lícito practicar los vicios de forma voluntaria y consciente.

Integridad. —¡Justo! Eso es exactamente lo que creía y practicaba.

Gran-Corazón. —Pero ¿en qué fundamentaba semejante teoría?

Integridad. —Decía que contaba con el apoyo de las Sagradas Escrituras.

Gran-Corazón. —¡No me digas! Te agradeceré que nos lo cuentes con más detalle.

Integridad. —Con todo mi corazón. Afirmaba que mantener relaciones íntimas con las mujeres de otros hombres era algo que había hecho David, el amado de Dios, y que, por consiguiente, él tenía el mismo derecho a hacerlo; que la poligamia, tener varias esposas, era habitual en la corte de Salomón y que por tanto no había razón para que él no pudiera seguir su ejemplo; que Sara, las comadronas de Egipto, o Rahab en Jericó, mintieron, y él, por tanto, tenía el derecho a mentir de igual modo; que los discípulos robaron un asno siguiendo las órdenes e instrucciones de su Señor, lo que le daba a él licencia para hurtar; que Jacob logró de su padre la herencia por medio del fraude y disimulo, y que, en consecuencia, él podía seguir con impunidad el camino del engaño.

Gran-Corazón. –¡Pero qué ruin y miserable! ¿Estás seguro de que sostenía tales opiniones?

Integridad. –En más de una ocasión le he escuchado personalmente defenderlas, citando las Escrituras en su apoyo y haciendo todo lo posible para propagarlas.

Gran-Corazón. –Tales opiniones no son dignas de crédito alguno.

Integridad. –Entiéndelo bien: no decía que todo el mundo tiene derecho a practicar tales cosas, pero sí que aquellas personas que poseyeran las mismas virtudes de aquellos que las practicaron, tenían licencia para hacerlo.

Gran-Corazón. –¡Pero ésta es una conclusión absolutamente falsa! Es lo mismo que afirmar que, puesto que algunas personas justas en tiempos pasados, pecaron involuntariamente en un momento determinado por causa de sus debilidades, esto le confiere a él el derecho de pecar ahora voluntariamente, con premeditación y alevosía; o que si alguien, empujado por una ráfaga de viento o por haber tropezado con una piedra, cae en el barro y se mancha, eso le da a él el derecho de echarse de cabeza al barro y revolcarse en el cieno como un cerdo. ¡Cómo puede una persona obcecarse de tal modo con la concupiscencia! ¡Cuesta de creer! Bien cierto es lo que está escrito al respecto: «Tropiezan en la palabra, siendo desobedientes: a lo cual fueron también destinados».[86]

Además, suponer que los que se entregan hoy voluntariamente a los vicios en los que eventualmente cayeron algunos hombres piadosos en el pasado, pueden alcanzar a poseer sus virtudes, es otro error tan grande como el primero. Es como si un cerdo dijera: "Tengo o puedo tener las mismas cualidades que un ser humano, porque como sus excrementos".

Cometer premeditadamente los pecados que haya cometido un siervo de Dios[87] no es señal de que uno posea sus virtudes; y no puedo creer que una persona que abrigue tales opiniones pueda tener fe en Dios o amor hacia Él. Cuando refutaste sus ideas con argumentos irrebatibles -cosa que no dudo hiciste- ¿qué dijo en su defensa?

---

[86] 1ª Pedro 2:8.
[87] Oseas 4:8.

Integridad. –Alegó que es más honesto hacer aquello que uno cree y de lo que está firmemente convencido que dejarse guiar por la opinión de otros.

Gran-Corazón. –Este razonamiento es extremadamente perverso, puesto que, si malo es ya, de por sí, dar rienda suelta a las pasiones y concupiscencias cuando las opiniones serias y razonadas de otros lo reprueban, pecar alegando licencia para hacerlo, es mucho peor. Lo primero, puede llevar a otros a tropezar involuntariamente, imitando tu conducta; pero lo segundo, los lleva a justificar argumentalmente su pecado y les induce inevitablemente a pecar haciéndoles caer en la trampa que se les ha tendido.

Integridad. –Hay muchos que son de la misma opinión que ese malvado, pero no tienen la misma desvergüenza en reconocerlo y decirlo públicamente. En este caso, es su descaro lo que le desacredita en la vida de peregrinación.

Gran-Corazón. –Desgraciadamente, así es; pero quien teme al Rey del Paraíso, saldrá de en medio de ellos.

Cristiana. –Veo que corren por el mundo opiniones bien extrañas. Una vez conocí a uno que decía que tendríamos tiempo para arrepentirnos cuando llegara la hora de la muerte.

Gran-Corazón. –Tales personas no razonan con sabiduría. Si a un hombre le conceden el plazo de una semana para correr una distancia de siete leguas y de ese modo salvar su vida, ¿pensáis que se quedará sentado toda la semana y comenzará a correr en el último momento tratando de cubrir las siete leguas en cinco minutos?

Integridad. –Por supuesto que no; y sin embargo, la mayor parte de los que se titulan peregrinos obran así. Soy anciano, como podéis ver: hace mucho tiempo que ando por este camino, he visto muchas cosas y he reparado en muchas cosas. He visto a algunos arrancar en el camino con tanto ímpetu que daba la sensación de que nada podría pararles ni detenerles, y sin embargo, a los pocos días han quedado extenuados y muertos, y como los Israelitas en el desierto, nunca han alcanzado la tierra de promisión.

Otros he visto, en cambio, que al principio no prometían nada, y uno hubiera apostado a que no perseverarían en el camino un solo día; y no obstante, han aguantado hasta el fin, como buenos y fieles peregrinos.

He visto también quienes echaron a correr apresuradamente hacia la vida y que, después de un rato de correr, volvieron atrás con la misma precipitación.

He conocido quienes, al principio, hablaban maravillas sobre la vida de peregrinación, y al cabo de poco tiempo no podían hablar peor de ella.

He escuchado a quienes, al emprender su viaje hacia el Paraíso, defendían hasta el acaloramiento, y con absoluta seguridad, que tal lugar existe; y sin embargo, cuando ya les faltaba poco para alcanzarlo, han regresado negando su existencia.

A otros les he visto alardear de lo que harían y de cómo se defenderían, caso de encontrar oposición; y sin embargo, una simple falsa alarma ha sido suficiente para dar al traste con su fe, con su vida de peregrinación y con todo lo demás.

Seguían caminando y charlando cuando, de pronto, vino corriendo a su encuentro uno que gritaba:

—¡Señores, si aprecian ustedes sus vidas, pónganse a salvo, pues los ladrones están ahí delante!

—Deben de ser los tres que en otra ocasión asaltaron a Poca-Fe -dijo Gran-Corazón-. Pero que vengan, estamos preparados.

Continuaron su camino, mirando a todas partes por si acaso aparecieran aquellos bribones; pero, bien fuera porque escucharon lo dicho por Gran-Corazón, bien fuera porque andaban en busca de otra presa, no molestaron a nuestros peregrinos con su presencia.

Al llegar a este punto del camino, Cristiana expresó deseos de encontrar una posada para ella y sus hijos, porque se sentían fatigados.

—Hay una un poco más adelante -dijo Integridad-, donde mora un discípulo honrado, llamado Gayo.[88] Así que decidieron dirigirse todos allí, siendo que el anciano contaba excelencias de ella. Al llegar a la casa, entraron sin llamar, porque no es costumbre llamar a la puerta de una posada. Preguntaron por el dueño, y cuando éste compareció, le preguntaron si podían hospedarse y pasar allí aquella noche.

Gayo. —Por supuesto, señores -respondió-; siempre y cuando seáis personas rectas, pues mi casa sólo sirve para albergue de peregrinos.

Cristiana, Misericordia y los muchachos, al saber que el posadero amaba y respetaba a los peregrinos, se alegraron en gran manera. Pidieron habitaciones, y todos quedaron cómodamente alojados. Luego, el guía preguntó:

Gran-Corazón. —Buen Gayo, ¿qué tienes para cenar? Estos peregrinos vienen de lejos y están hambrientos y cansados.

Gayo. —Es tarde ya para salir a comprar, pero lo que tenemos en casa está a vuestra disposición, si esto os basta.

Gran-Corazón. —Estaremos más que contentos con lo que tienes en casa, porque sé, por experiencia propia, que nunca te falta lo que es conveniente.

El posadero bajó a dar órdenes al cocinero, que se llamaba Cata-lo-bueno, para que les preparase cena. Hecho esto, subió de nuevo, y les dijo:

---

[88] Romanos 16:23.

Gayo. –Bienvenidos seáis, buenos amigos; me alegro de tener casa que ofreceros. Si os place, mientras están preparando la cena podemos conversar un rato. Esta mujer ¿de quién es esposa?, y esta doncella ¿de quién es hija?

Gran-Corazón. –La señora era esposa de un tal Cristiano, peregrino de otro tiempo: éstos son sus cuatros hijos. La joven es una de sus vecinas, a quien ella ha persuadido a que la acompañe. Los hijos siguen el ejemplo de su padre y anhelan perseverar en sus huellas; siempre que ven algún lugar donde el anciano peregrino se había recostado, o descubren alguna que otra de sus pisadas, se regocijan y sienten el anhelo de recostarse en el mismo lugar o poner sus pies en la misma huella.

Gayo. –¡Vaya, vaya! Así que ésta es la esposa de Cristiano ¡y éstos son sus hijos! Pues hace mucho tiempo que conozco a esa familia; conocí al padre de tu marido, y también a su abuelo. Muchos de esta estirpe han sido gente virtuosa; sus antepasados proceden de Antioquía.[89] Los progenitores de Cristiano (estoy seguro de que alguna vez tu marido te hablaría de ellos) eran personas muy dignas y bienaventuradas. Cuantos he conocido, han sido un ejemplo de virtud y valor, siempre fieles al Señor de los peregrinos, a sus veredas y a todos los que le amaban. He oído hablar de muchos parientes de tu marido que han soportado toda suerte de pruebas por amor a la verdad. Esteban, que era uno de los primeros de la saga, fue apedreado;[90] Jacobo, también del mismo linaje, fue muerto a filo de espada;[91] y por no mencionar a Pedro y Pablo, que también eran de esta ascendencia; más tarde, a un tal Ignacio lo echaron a los leones; Romano, al que le arrancaron la carne pedazo a pedazo; y Policarpo, que se mantuvo valiente en medio de las llamas. Hubo uno al que colocaron en una espuerta de las que se utilizan para llevar la carga en las caballerizas, y lo colgaron al sol para ser devorado por las avispas; y otro al que, encerrado en un saco, lo echaron al mar para que se ahogara. Sería un nunca acabar enumerar a todos los componentes de esa familia que han padecido ultrajes y martirios por amor a la vida de peregrino. Por esto, no puedo dejar de alegrarme al ver que tu marido ha dejado tras de sí a cuatro jóvenes como éstos. Espero que mantendrán siempre en alto el honor del nombre de su padre, que seguirán sus pisadas y que alcanzarán el mismo fin que él.

Gran-Corazón. –Pues sí, son jóvenes que prometen mucho; y parece que han decidido seguir a su padre de todo corazón.

Gayo. –¡Lo dicho! Por eso, con toda probabilidad, la familia de Cristiano se esparcirá sobre toda la faz de la tierra, y llegará a ser muy

---

[89] Hechos 11:26.
[90] Hechos 7:59,60.
[91] Hechos 12.

numerosa; por lo tanto conviene que Cristiana escoja para sus hijos jóvenes prudentes para que se casen, a fin de que el nombre de su padre y la casa de sus progenitores nunca caiga en olvido en el mundo.

Integridad. —Sería una lástima que esta familia mermara y se extinguiera.

Gayo. —No, eso no va a suceder. Lo que sí pudiera suceder es que eventualmente mermara y disminuyera. Y para que eso no suceda, sería bueno que Cristiana tome mi consejo. (Y dirigiéndose a Cristiana, prosiguió diciendo) Mucho me alegro de verte aquí con tu amiga Misericordia; si aceptas mi consejo, estrecha más todavía tus relaciones con esta joven, y si ella consiente, que sea desposada con Mateo, tu hijo mayor. De esta manera, la familia de Cristiano tendrá posteridad en la tierra.

El consejo de Gayo les cayó bien a todos; se llevó a cabo el desposorio entre Misericordia y Mateo, y al cabo de un tiempo fueron unidos en matrimonio; pero de esto ya hablaremos más adelante.

—Ahora -prosiguió Gayo- permitidme unas palabras en defensa de la mujer, para quitarle su oprobio. Así como la muerte y la maldición entraron en el mundo por medio de una mujer[92] así también entraron por medio de una mujer la vida y la salud. «Dios envió a su Hijo, nacido de mujer».[93] De tal modo que, en los tiempos del Antiguo Testamento, todas las mujeres deseaban ardientemente tener hijos, por si acaso pudieran llegar a ser madres del Salvador del mundo.

Cuando por fin vino el Salvador, las mujeres se regocijaron con la noticia de su venida mucho antes que los hombres o los ángeles.[94] No he leído que hombre alguno diera a Cristo una ofrenda, ni siquiera un maravedí; pero las mujeres le siguieron sirviéndole con sus bienes.[95] Fue una mujer quien lavó sus pies con lágrimas,[96] y una mujer quien ungió su cuerpo anticipadamente para su sepultura.[97] Fueron mujeres las que lloraron cuando lo condujeron al suplicio,[98] y mujeres las que le siguieron hasta el pie de la cruz, le bajaron de la cruz y le llevaron al sepulcro, sentándose allí.[99] Fueron las mujeres las primeras que estuvieron con Él en la mañana de la Resurrección,[100] y mujeres también las que primero llevaron a sus discípulos la noticia de que había

---

[92] Génesis 3.
[93] Gálatas 4:4.
[94] Lucas 1:39-56; 2:36-38.
[95] Lucas 8:2,3.
[96] Lucas 7:37-50.
[97] Juan 11:2; 12:3.
[98] Lucas 23:27.
[99] Mateo 27:55, 56, 61.
[100] Lucas 24:22,23.

resucitado. Las mujeres son, por lo tanto, altamente favorecidas, y se demuestra, por estas cosas, que participan plenamente en igualdad con los hombres de la gracia de la vida.[101]

El cocinero envió recado de que la cena estaba ya lista, y un criado extendió un mantel sobre la mesa.

—La vista de este mantel -dijo Mateo- me está abriendo el apetito.

Gayo. —Así debe ser también con todas las doctrinas y con los ministros del evangelio, deben servir para abrirnos en esta vida el hambre de participar de la cena del gran Rey en su reino; pues la predicación cristiana, los libros y todos los demás medios de difusión del evangelio, no son más que el mantel y la vajilla puesta sobre la mesa, si los comparamos con el banquete que el Señor nos tiene preparado para cuando lleguemos a su casa.

Sirvieron la cena, y de primer plato les trajeron una espaldilla[102] (como la que antiguamente se utilizaba para elevar en ofrenda a Dios) y un trozo del pecho (que les recordaba cómo el pecho del hombre se agita delante del Señor), dándoles con ello a entender que debían comenzar la comida con oración y alabanza a Dios[103] siguiendo el ejemplo de David, quien acostumbraba a elevar su corazón a Dios y celebrar sus bondades con el arpa. Todos comieron abundantemente de ambos platos, que eran sabrosos y de excelente calidad.

Luego les trajeron una botella de vino tinto, rojo como la sangre.[104]

—Podéis beber de este vino sin reservas -les dijo Gayo-. Es el jugo de la Vid verdadera, el cual alegra a Dios y a los hombres.[105]

Bebieron, pues, y se regocijaron. Seguidamente, les presentaron un plato de leche con pan.

—Que los muchachos coman de esto -dijo Gayo- para que por medio de ello crezcan en salud.[106]

Después de esto se les trajo manteca y miel.

—Comed cuanto se os antoje de esto -les dijo el posadero- es bueno para animar y fortalecer vuestro juicio y discernimiento. Ésta era la comida de nuestro Señor cuando era niño: «Comerá manteca y miel, hasta que sepa desechar lo malo y escoger lo bueno».[107]

---

[101] Esta apología de la mujer, puede resultarnos algo extraña en el siglo XXI, pero hay que entender que era muy avanzada y revolucionaria cuando Bunyan la escribió en el siglo XVII.

[102] Levítico 7:32,34; 10:14,15.

[103] Salmo 25:1; Hebreos 13,15.

[104] Deuteronomio 32:14.

[105] Jueces 9:13; Juan 15:1.

[106] 1ª Pedro 2:2.

[107] Isaías 7:15.

Al ver que les traían un plato de fruta en sazón y de muy buen sabor, Mateo preguntó si era lícito comer de ella, pues fue con fruta con lo que la serpiente tentó a Eva. A lo que Gayo contestó:

> *Con los frutos del árbol fuimos engañados;*
> *mas es la culpa, no el fruto, lo que nos condena;*
> *los frutos dañan, cuando son vedados;*
> *pero comer lo no vedado, es cosa buena.*
> *¡Come, Iglesia, los frutos regalados;*
> *el vino bebe, que de gozo llena!*
> *Y si, enferma de amor, caes postrada,*
> *pronto te sentirás corroborada.*

Mateo. –He puesto de manifiesto mis dudas y preocupación porque hace algún tiempo caí enfermo por haber comido fruta.

Gayo. –Ya te he dicho y te repito que comer la fruta prohibida te hará daño, pero no así con la fruta que es lícita y de la que nuestro Señor nos permite comer.

Mientras hacían estos comentarios, les trajeron un plato de nueces,[108] a la vista del cual, algunos comentaron:

–Las nueces echan a perder los dientes, especialmente los de los niños.

Gayo, al escuchar esta observación, disipó sus recelos diciendo:

> *El texto dificultoso*
> *es a la nuez parecido:*
> *La dura cáscara impide*
> *llegar al fruto escondido;*
> *pero se rompe la cáscara,*
> *y ya puede ser comido.*

Reinaba mucha distensión entre los comensales, y permanecieron largo rato sentados en sobremesa, entretenidos con agradables discursos.

–Buen posadero -dijo entonces el anciano Integridad-. Mientras comemos nueces, vamos a ver si eres capaz de descifrar este enigma:

> *Un hombre a quien por loco se tenía,*
> *tanto más rico se hacía*
> *cuanto más repartía.*

---

[108] Cantares 6:11.

Todos aguardaban con atención por ver cuál sería la respuesta de Gayo, quien, después de unos momentos de silencio, contestó:

Quien reparte sus bienes entre los pobres,
multiplicados los recuperará.

José quedó admirado de que hubiese acertado tan fácilmente, por lo que Gayo le explicó.

Gayo. –¡Bueno! Llevo mucho tiempo instruyéndome en estas materias y nada enseña tanto como la experiencia. De mi Señor he aprendido a ser benigno y generoso, y siempre he hallado que haciendo esto, salía ganando. «Hay quienes reparten, y les es añadido más; hay quienes retienen más de lo que es justo, pero vienen a pobreza».[109] «Hay quienes pretenden ser ricos, y no tienen nada, y otros que se hacen pobres, y tienen muchas riquezas».[110]

Samuel. –(Hablando al oído de su madre) Madre, ésta es la casa de un hombre muy sabio; quedémonos aquí por un tiempo, y que mi hermano Mateo se case con Misericordia antes de que sigamos adelante.

–Para mí sería un privilegio, hijo -respondió Gayo, que había escuchado la confidencia.

Así pues, se quedaron en la posada más de un mes, durante el cual se celebró la ceremonia de enlace de Mateo con Misericordia, que -dicho sea de paso- no cesaba, como era su costumbre, de confeccionar vestidos y prendas para los pobres, lo cual contribuyó a incrementar la buena reputación de la que gozaban los peregrinos. Volvamos, sin embargo, al escenario de la cena.

Concluida la cena, los muchachos, fatigados, pidieron permiso para retirarse. Así pues, los acompañaron a la habitación que les habían asignado, y durmieron tranquilamente hasta la mañana. Pero los demás, enfrascados en la conversación, no encontraban el momento de darla por finalizada, y se pasaron casi toda la noche charlando, hasta que por fin el anciano Integridad comenzó a dar cabezadas. Gran-Corazón lo espabiló diciéndole:

Gran-Corazón. –¡Cómo! ¿Te estás durmiendo? Vamos, te voy a retar con un enigma, a ver si de este modo espabilas.

Integridad. –¡Venga, suéltalo!

Entonces Gran-Corazón recitó:

Debe ser antes vencido
aquel que quiera vencer;
y morir dentro de casa.
Si vivo, fuera ha de ser.

---

[109] Proverbios 11:24.
[110] Proverbios 13:7.

Integridad. –Es un enigma difícil; muy difícil de explicar y más difícil aún de poner en práctica. Pienso, amigo Gayo, que será mejor que lo expliques tú y de buena gana te escucharemos.

Gayo. –No, no. El enigma te lo han planteado a ti, y eres tú quién debe descifrarlo.

Entonces Integridad dijo:

Debe ser por la gracia vencido
quien quisiere el pecado vencer;
y tendrá que morir a sí mismo
el que vida desee tener.

Gayo. –Has acertado; la sana doctrina y la experiencia cristiana nos enseñan esto. Porque, en primer lugar: hasta que se manifieste la gracia y con su gloria inunde el alma, es de poca utilidad resistir al pecado; además, como el pecado es la cuerda con la que Satanás tiene atada el alma, ¿cómo puede el alma oponerse a él sin antes haber sido desatada? Y en segundo lugar: nadie que conozca el conflicto entre la razón y la gracia creerá que el hombre, que es esclavo de sus propias pasiones, pueda, en vida, llegar a convertirse en un monumento vivo de la gracia divina.

Y ahora que me ha venido a la mente, os contaré una historia que os merece la pena escuchar. Dos hombres iban en peregrinación; el uno comenzó de joven, mientras que el otro inició el peregrinaje cuando ya era anciano. El joven tuvo que sostener una lucha titánica contra las pasiones; mientras que las pasiones del anciano estaban ya muy debilitadas por su naturaleza desgastada. Sin embargo, el joven marchaba con paso tan firme y ligero como el anciano. ¿En cuál de los dos pensáis que resplandecería más claramente la gracia, siendo que ambos avanzaban por igual?

Integridad. –En el joven, sin duda, porque tenía que hacer frente a una mayor oposición, demostrando así (al conseguir igualar a su contrincante, que no encontraba en su camino ni la mitad de oposición y resistencia que él) una mayor acción de la gracia. Además, me he dado cuenta de que los ancianos aprovechan a menudo el decaimiento de la naturaleza como ventaja, pues les permite dominar más fácilmente sus pasiones; aunque también es verdad que confiando excesivamente en esa ventaja, más de uno se ha engañado y ha caído. Naturalmente, los ancianos que poseen la gracia divina son los que mejor pueden aconsejar a los jóvenes, porque tienen experiencia en la vanidad de las cosas. Sin embargo, cuando un anciano y un joven emprenden juntos el camino, el joven cuenta con la ventaja de una mayor acción de la gracia en su alma, aunque el anciano tenga la ventaja de que sus pasiones sean más débiles.

CAPÍTULO XV

Gran-Corazón capitanea una expedición contra el gigante Mata-lo-Bueno. Muerte del gigante y rescate de Mente-Flaca, en cuyo ejemplo vemos el poder de la determinación y la constancia por encima de las flaquezas humanas. Encuentro con Pronto-A-Caer, que se une al grupo de peregrinos.

Al despuntar el alba, nuestros peregrinos seguían todavía enfrascados en su animada conversación. Cuando Cristiana y los niños se levantaron, la madre pidió a su hijo Jaime que leyera en voz alta y ante todos un capítulo de la Biblia de su preferencia, y el niño eligió el Capítulo 53 del libro de Isaías. Acabada la lectura, Integridad preguntó por qué motivo se dice en ese texto que el Salvador salió «como raíz de tierra seca», y también qué quería decir la frase «no hay parecer en Él, ni hermosura».

Gran-Corazón. –A lo primero contesto que sería porque el pueblo judío, del que descendía Jesús, había perdido en aquella época casi toda la savia del espíritu de fe y de piedad, de tal forma, que se había convertido en «tierra seca». En cuanto a lo segundo, la frase hay que situarla en boca de los incrédulos, quienes, faltándoles la visión espiritual que les capacite para mirar dentro del corazón de nuestro Príncipe, le juzgan y valoran por lo poco atractivo de su apariencia exterior. Son como los que, ignorando que las piedras preciosas se hallan cubiertas de una costra de material burdo y tosco, al dar con una, son incapaces de distinguirla, y en consecuencia, ignorantes de su valor, la tiran como si se tratara de una piedra vulgar.

–Escuchadme -dijo Gayo- puesto que estáis aquí, y que Gran-Corazón tiene mucha destreza en el uso de las armas, si os parece bien, después de comer saldremos al campo para ver si podemos hacer algún bien. Pues a cosa de una media legua de aquí, hay un gigante llamado Mata-lo-Bueno, que comete muchas maldades en todo este tramo del camino real; y sé dónde tiene su guarida. Es jefe de una cuadrilla de ladrones. Sería bueno si pudiéramos librar a esta comarca de sus maldades y fechorías.

Todos se mostraron de acuerdo; y, tras reponer fuerzas con una buena comida, salieron en busca del gigante. Gran-Corazón iba delante con la espada, el yelmo y el escudo; y los demás le seguían con lanzas y palos.

Cuando dieron con él, tenía agarrado entre sus manos a un tal Mente-Flaca, a quien sus sicarios habían hecho prisionero por el camino y habían entregado a su jefe. El gigante le estaba despojando con el propósito de comérselo después, pues era de la raza de los antropófagos. Viendo, pues, el gigante a Gran-Corazón y sus amigos a la entrada de su caverna, les interpeló, preguntándoles qué buscaban.

Gran-Corazón. –A ti es a quien buscamos; venimos a vengar a los muchos peregrinos que has matado después de haberlos desviado del Camino Real; por tanto, ¡sal de tu cueva!

El gigante tomó en el acto sus armas y salió a su encuentro. Se batieron por espacio de una hora, tras lo cual acordaron detener el combate durante unos momentos para recuperar fuerzas y tomar aliento.

Mata-Lo-Bueno. –¿Por qué has venido a mi territorio?

Gran-Corazón. –Para vengar la sangre de los peregrinos, como ya te he dicho.

En cuanto reanudaron el combate, el gigante atacó e hizo retroceder por unos instantes a Gran-Corazón, pero éste arremetió de nuevo contra él y, con su acostumbrada valentía, le propinó tan fuertes golpes sobre la cabeza y el costado que le obligó a soltar su arma; ventaja que aprovechó Gran-Corazón para embestir de nuevo y abatirlo cortándole la cabeza, que se llevó como trofeo a la posada. Mente-Flaca, el peregrino, ya libre de su enemigo, les siguió para alojarse con ellos.

Al llegar a la posada, enseñaron la cabeza del gigante a las mujeres y a los muchachos, y luego la colgaron en el Camino Real, como habían hecho antes con las de otros enemigos, para escarmiento de cuantos en lo sucesivo intentaran hacer lo mismo.

Luego, interrogaron a Menta-Flaca para que les contase cómo había caído en manos de los sicarios del gigante.

Mente-Flaca. –Soy hombre enfermizo, como podéis comprobar -les dijo- y como sea que la muerte solía llamar cada día a mi puerta, pensé que en casa no estaría nunca seguro; por ello, emprendí la vida de peregrinación. He llegado hasta aquí procedente de la ciudad llamada Indecisión, de la cual soy natural, lo mismo que mi padre. Mis fuerzas son muy escasas, tanto las físicas como las de mi mente; pero, a pesar de que no puedo más que arrastrarme, estoy decidido a llegar a la meta que me he propuesto, aunque tenga que pasar mi vida en este camino.

Cuando llegué a la Puerta que da entrada al camino, el Señor de aquel lugar me trató con sumo cariño; y no puso el más mínimo repa-

ro a mi apariencia enfermiza ni a mi flaca mente, sino que me facilitó
todo lo necesario para mi viaje y me dijo que tuviese buen ánimo hasta
el fin. También fui objeto de muchos agasajos y obsequios en la casa
del Intérprete, y como consideraron que el collado Dificultad era demasiado empinado para mí, uno de sus criados me subió a cuestas. He
recibido mucha ayuda de parte de otros peregrinos, si bien ninguno
se conformaba en andar tan lentamente como yo; no obstante, todos
los que me alcanzaban se detenían para animarme, diciendo que es la
voluntad del Señor dar consuelo a los de poco ánimo,[111] aunque luego
apretaban el paso y yo quedaba atrás. Seguí andando hasta llegar al
camino del Asalto, y allí caí en manos de los sicarios de ese gigante.
Me dijo que me preparara para un combate; pero yo, ¡pobre de mí!, lo
que necesitaba, más bien, era descanso. Entonces, se apoderó de mí y
me llevó a su cueva, pero yo estaba convencido de que no me mataría.
Más tarde, cuando ya me tenía en su guarida, y puesto que fui con él
contra mi voluntad, siempre mantuve la esperanza de que saldría con
vida, porque he oído decir que una de las leyes de la divina Providen-
cia dice que ningún peregrino apresado por la fuerza puede morir a
manos del enemigo, con tal que mantenga un corazón recto hacia su
Señor. Por ello, siempre tuve la esperanza de que mi secuestro tendría
un final feliz y, como veis, así ha sido. He escapado con vida y doy
gracias a mi Rey como autor de mi rescate, y a vosotros como el medio
que Él ha utilizado. No creo que éste sea el último desastre que me ha
de acontecer; pero a una cosa estoy resuelto, y es a seguir corriendo
por este camino mientras pueda; y cuando no pueda correr, caminaré
despacio; y cuando esto me sea imposible me arrastraré; pero en lo
esencial, que es seguir siempre adelante, gracias a Aquel que me ama,
estoy resuelto y decidido. Aunque soy débil y de mente flaca, y sé que
me queda aún por delante un largo camino, seguiré en él, pues tengo la
mirada puesta en el país que hay más allá del río que no tiene puente.

Integridad. —¿No conociste hace algún tiempo a cierto sujeto que se
llamaba Receloso?

Mente-Flaca. —Sí que le conocí. Venía de la ciudad de Estupidez, que
se halla a muchas leguas al norte de la ciudad de Destrucción y a otras
tantas de mi ciudad. A pesar de la distancia, éramos parientes, pues me
era tío por parte de mi padre. En el aspecto moral éramos muy parecidos, y en lo físico también, teníamos el mismo semblante, si bien él
era un poco más bajo que yo.

Integridad. —No dudo que lo conocías, y no me resulta difícil creer
que seáis parientes, puesto que tienes la misma palidez de rostro; eres
bizco, lo mismo que él; y tu forma de hablar es muy similar a la suya.

---

[111] 1ª Tesalonicenses 5:14.

Mente-Flaca. –Casi todos los que nos han conocido a ambos han dicho lo mismo; además, todo lo que de él me ha llamado siempre la atención, por lo general he acabado descubriendo que también lo tenía yo.

Gayo. –Ten buen ánimo, amigo: bienvenido seas; esta casa está a tu disposición y puedes pedir lo que quieras; mis criados también estarán a tus órdenes para servirte de buena voluntad.

Mente-Flaca. –Para mí, después de la experiencia pasada, éste es un favor inesperado, como cuando el sol deja ver su resplandor después de haber permanecido oculto detrás de una espesa nube. ¿No será, acaso, que el gigante Mata-lo-Bueno, cuando me detuvo y se negó a dejarme continuar mi camino, no era más que el instrumento elegido -sin él saberlo- para proporcionarme este favor inesperado? ¿No será que, sin pensarlo, con despojarme de todo lo que poseía, fue el medio necesario para que yo fuera a parar a casa de «Gayo mi huésped» donde, de otro modo, no habría ido? No lo sé, pero podría ser, y así parece que ha sido.

Estaban Mente-Flaca y Gayo en esta conversación, cuando, después de llamar nerviosamente a la puerta, apareció a toda prisa uno que les trajo la noticia de que, a poca distancia de la casa, un rayo había dejado cadáver en el acto a un peregrino llamado Equivocado.

–¡Oh, qué desgracia! -exclamó Mente-Flaca-, se trata de un peregrino que me alcanzó hace unos cuantos días y quería que camináramos juntos. Juntos estábamos cuando el gigante Mata-lo-Bueno me apresó; pero él, como era muy ligero de pies, huyó corriendo. ¿Os dais cuenta? Según parece, él se escapó para morir, mientras que a mí me aprisionaron para que viviese.

Unos días después de este incidente, tuvo lugar en la hospedería el concertado matrimonio entre Mateo y Misericordia. Gayo, por su parte, también entregó a su hija Febe por esposa a Jaime. Y se quedaron allí todos unos diez días más, ocupándose en las cosas habituales de los peregrinos.

Antes de marcharse, Gayo les obsequió con un suntuoso banquete de despedida. Al llegar la hora de la partida, y como sea que Gran-Corazón deseaba pagar la cuenta al posadero, éste le dio a entender que no era costumbre en su posada cobrar a los viajeros su manutención; que él se limitaba a alojarlos libremente bajo su techo, y esperaba recibir su paga del Buen Samaritano, quien le había prometido que a su regreso le pagaría cuantos gastos le hubieran ocasionado.[112]

– Amado -dijo entonces Gran-Corazón- te portas con una fidelidad ejemplar en todo lo que haces con los hermanos, y particularmente

---

[112] Lucas 10:34,35.

con los peregrinos, los cuales han dado testimonio de tu amor en presencia de la Iglesia; y harás bien en encaminarlos como es digno de su servicio a Dios para que continúen su viaje.[113]

Gayo se despidió de ellos, y con un especial cariño de Mente-Flaca, a quien proporcionó todos los auxilios necesarios para que se confortase durante el camino. Cuando los demás iniciaban el camino, Mente-Flaca, asustado, se hacía el despistado tratando de quedarse en la posada, pero Gran-Corazón, que se dio cuenta, regresó a buscarlo diciéndole:

—Ven con nosotros, Mente-Flaca, ven, que yo seré tu guía y te ayudaré como a los demás.

Mente-Flaca. —¡Ay! Mucho te lo agradezco, pero yo necesito un compañero de mi misma condición. Todos vosotros sois fuertes y robustos; pero yo, como veis, soy débil; prefiero, pues, caminar solo detrás de vosotros, no sea que por causa de mi debilidad llegue a entorpecer vuestra marcha. Mi ánimo es flaco y débil, y lo que otros pueden soportar con cierta facilidad a mí me fatiga y agota de inmediato. No me gusta reír; tengo aversión a los vestidos de colores alegres; todo aquello que no sea de provecho me disgusta. En verdad, me siento tan débil que muchas cosas que otros tienen libertad de hacer, a mí me escandalizan. No conozco aún toda la verdad; soy un cristiano muy ignorante; a veces, cuando oigo a otros gozarse en el Señor, me aflijo porque no puedo hacer lo mismo. Conmigo pasa lo que con el atleta débil entre los fuertes, como con el enfermo en medio de los sanos; mis pies están siempre a punto de resbalar y soy como una lámpara despreciada por aquel que está a sus anchas;[114] de manera que no sé qué hacer.

Gran-Corazón. —Hermano, precisamente yo he sido comisionado para «alentar a los de poco ánimo, y sostener a los débiles».[115] Y te digo que es preciso que vengas con nosotros; ya acomodaremos nuestro paso al tuyo, soportaremos tus flaquezas,[116] y por amor a ti nos abstendremos de muchas cosas, tanto en las conversaciones como en las acciones;[117] tampoco delante de ti entraremos en debates difíciles ni contenderemos sobre opiniones dudosas;[118] nos haremos todo a ti[119] y nos adaptaremos a tus necesidades y manera de ser; cualquier cosa haremos, antes que vernos obligados a dejarte atrás.

---

[113] 3ª Juan 6.
[114] Job 12:5.
[115] 1ª Tesalonicenses 5:14.
[116] Romanos 15:1.
[117] 1ª Corintios 8:9.
[118] Romanos 14:1.
[119] 1ª Corintios 9:22.

Esta conversación tuvo lugar casi en la puerta misma de la posada de Gayo, y mientras estaban en lo más álgido de la misma, un tal Pronto-A-Caer,[120] que también iba en peregrinación ayudándose con sus muletas, acertó a pasar por allí.

—¡Hombre! -le dijo Mente-Flaca- ¿qué te trae por aquí? Precisamente me estaba lamentando de no tener un compañero de viaje a mi nivel: me vienes como anillo al dedo. Mil veces seas bienvenido, amigo Pronto-A-Caer; estoy seguro de que ambos podremos ayudarnos mutuamente y juntos seguir adelante.

Pronto-A-Caer. —Me encantará tu compañía, Mente-Flaca; y, ya que tan felizmente nos hemos encontrado, te prometo que -cuando te haga falta- te prestaré una de mis muletas.

Mente-Flaca. —Gracias; aprecio mucho tu buena voluntad, pero no es mi intención hacerme el cojo sin ser cojo. No niego, sin embargo, que en algún momento determinado pueda serme de utilidad para defenderme de algún perro.

Pronto-A-Caer. —Pues ya sabes, si yo y mis muletas podemos servirte de algo, estamos ambos a tu disposición.

Y dicho esto, se unieron al grupo y se pusieron todos en camino.

---

[120] Salmo 38:17.

CAPÍTULO XVI

Los peregrinos llegan a la Feria de Vanidad, donde encuentran albergue en la casa de Mnasón y reciben muy buen trato de parte de algunos de los cristianos de la ciudad. Escaramuza con un monstruo que devastaba la comarca.

Una vez emprendida la marcha, los viajeros iban por el camino en el siguiente orden: Por delante, abriendo paso, iban Gran-Corazón e Integridad; después, Cristiana con sus hijos; y cerrando el grupo, Mente-Flaca y Pronto-A-Caer con sus muletas. Entonces, Integridad inició la siguiente conversación:

Integridad. –Gran-Corazón, mientras seguimos nuestro viaje, cuéntanos algo sobre aquellos a quienes has acompañado por este camino antes que a nosotros.

Gran-Corazón. –Será un placer. Ya habréis oído hablar del encuentro que tuvo Cristiano con Apollyón en el valle de Humillación, y con cuántos peligros y dificultades tropezó en el valle de Sombra-de-Muerte. Tampoco ignoráis los apuros que pasó Fiel ante las insinuaciones de la señora Sensualidad; de Primer-Adán, de Descontento y de Vergüenza, cuatro de los peores bellacos y sinvergüenzas con los que uno puede tropezar en este camino.

Integridad. –Sí, de esto estoy enterado; y parece que fue precisamente con Vergüenza, con quien Fiel se vio en el peor aprieto; le acosaba sin darle tregua.

Gran-Corazón. –Es verdad, pues -como bien dijo Fiel- de todos ellos era el que tenía el nombre que menos le cuadraba.

Integridad. –¿Dónde se encontraron exactamente Cristiano y Fiel con Locuacidad? ¡Éste también era un charlatán de primera...!

Gran-Corazón. –Era un necio, hinchado de vana confianza; y sin embargo, muchos siguen sus pisadas.

Integridad. –Poco faltó para que sedujese a Fiel, ¿no es cierto?

Gran-Corazón. –Sí, pero Cristiano le indicó la forma de desenmascararle y descubrir su verdadero carácter.

Esto iban hablando cuando, de pronto, Gran-Corazón interrumpió la conversación para indicar:

Gran-Corazón. –Aquí fue donde Evangelista salió al encuentro de Cristiano y Fiel, y les predijo las dificultades que tendrían que soportar en la Feria de Vanidad.

Integridad. –¿De veras? Tengo entendido que les advirtió que les sería difícil cruzarla sin zozobra.

Gran-Corazón. –Tienes razón; aunque al mismo tiempo no dejó de infundirles ánimo. Pero... ¿cómo nos atrevemos a hablar así de ellos, cuando eran dos hombres valerosos como leones y con una resistencia a toda prueba? ¿No te acuerdas de lo impasibles que comparecieron ante el juez?

Integridad. –Tienes razón. ¡Y con qué heroísmo tan ejemplar soportó Fiel el martirio!

Gran-Corazón. –Cierto; y sus padecimientos dieron lugar a nuevas heroicidades por parte de otros, pues me consta que Esperanza y algunos más se convirtieron a causa de su muerte.

Integridad. –Sigue con tu relato, me gusta escucharlo y, además, veo que estás muy bien informado de todos estos sucesos.

Gran-Corazón. –Sí, y puedo decirte también que de todos cuantos Cristiano encontró, después de haber atravesado la Feria de Vanidad, el más infame fue Propio-Interés.

Integridad. –¿Propio-Interés? ¿Quién era ése?

Gran-Corazón. –Un pillo rematado, un solemne hipócrita. Un personaje que se hacía pasar por persona religiosa y aparentaba piedad, pero era tan astuto que evitaba sacrificar nada ni sufrir nada por causa de su fe. Adaptaba sus creencias y sus doctrinas según el entorno y la ocasión que se le presentara; y su mujer, en esto, era tan hábil como él. Cambiaba de opinión como una veleta, y además aconsejaba a otros que hicieran lo mismo. Sin embargo, según tengo entendido, sus intereses personales lo condujeron a un triste fin; y tampoco he oído decir nunca que alguno de sus hijos haya logrado nunca el respeto o la estima de los que temen a Dios de veras.

En esto estaban cuando avistaron en la lontananza la ciudad de Vanidad, donde se celebraba la Feria. Viendo, pues, los peregrinos que estaban tan cerca, se detuvieron para debatir entre ellos sobre cuál sería la mejor forma de atravesarla. Unos decían una cosa y otros otra; hasta que por fin Gran-Corazón tomó la palabra para decir que, como fuera que él la había tenido que atravesar anteriormente -en repetidas ocasiones- en cumplimiento de su oficio, tenía la suerte de contar con la amistad de un anciano discípulo, natural de Chipre, que se llamaba Mnasón,[121] en cuya casa probablemente podrían hospedarse.

–Si os parece bien -dijo Gran-Corazón- nos dirigiremos hacia allá.

---

[121] Hechos 21:16.

–Conforme -dijeron todos a una.

Cuando llegaron a las afueras del pueblo era ya de noche, pero Gran-Corazón conocía bien el camino y llegaron a la casa sin contratiempos.

Tan pronto como el anciano Mnasón oyó la voz del guía llamándole por su nombre, la reconoció, y abrió de inmediato la puerta para que los peregrinos entraran en la casa.

Mnasón. –¿De dónde venís? -les preguntó.

–De casa de nuestro amigo Gayo -dijeron.

Mnasón. –¡Vaya! Buen trecho de camino lleváis a vuestras espaldas. Debéis de estar cansados: tomad asiento.

Gran-Corazón. –¿Veis lo que os dije? Seguro que mi amigo se regocija de vuestra llegada.

Mnasón. –Así es, y os doy la bienvenida; todo cuanto necesitéis, pedidlo, y haremos lo posible para complaceros.

Integridad. –Lo que más falta nos hacía era albergue para pasar la noche y buena compañía; por tanto, nos sentimos felices y agradecidos de contar con ambas cosas.

Mnasón. –En lo que respecta a albergue, ya veis de lo que dispongo; pero por lo que toca a la buena compañía, eso aún está por demostrar.

A instancias del guía, Mnasón condujo a los viajeros a sus respectivas habitaciones, al tiempo que les indicaba dónde estaba el comedor donde podrían cenar y estar juntos hasta la hora de acostarse.

Una vez alojados y repuestos de las fatigas del viaje, Integridad preguntó a su anfitrión si había muchas personas piadosas en el pueblo.

Mnasón. –Hay algunas, si bien muy pocas en comparación con los que pertenecen al otro bando.

Integridad. –¿Cómo podríamos hacer para entrar en contacto con algunos de ellos? A los que peregrinamos, el contacto con otras personas piadosas siempre nos es un punto de referencia y orientación, como a los navegantes la luna y las estrellas.

Mnasón golpeó el suelo con el pie, y al punto acudió su hija Gracia.

Mnasón. –Gracia, ve y di a mis amigos Contrito, Varón-Santo, Ama-a-los-santos, No-osa-mentir y Penitente, que en casa tengo a unos amigos que desean verles.

Avisados por Gracia, algunos de los cristianos de la localidad acudieron a la casa de Mnasón y, después de intercambiar los reglamentarios saludos, se sentaron todos juntos alrededor de la mesa.

Mnasón. –Amigos míos, os presento a estos extranjeros que han venido para alojarse en mi casa; son peregrinos que vienen de muy lejos, y se dirigen al monte Sión. Y señalando a Cristiana, añadió: ¿Quién pensáis que es ésta? Es Cristiana, viuda de Cristiano, aquel peregrino famoso, quien -junto con el hermano Fiel- fue tan vilmente afrentado en esta nuestra ciudad.

Al escuchar esto, los invitados quedaron asombrados y dijeron:

—Lejos estábamos, cuando Gracia nos avisó, de soñar siquiera que encontraríamos a Cristiana en tu casa. Es una sorpresa sumamente agradable.

De inmediato se interesaron por su salud, y por saber si los jóvenes que la acompañaban eran hijos de Cristiano. Y puesto que la respuesta fue afirmativa, añadieron dirigiéndose a los muchachos:

—Que el Rey a quien amáis y servís os conceda la gracia que concedió a vuestro padre, y os conduzca en paz hasta el lugar donde él está.

Luego, Integridad preguntó a Contrito y a los demás cual era la situación general en aquellos momentos en la ciudad de Vanidad.

Contrito. —Es temporada de ferias, y no hace falta que te diga, pues, que en un ambiente tan bullicioso estamos sumamente ocupados en guardar nuestro corazón y espíritu. Todo aquel que vive en un lugar como éste y tiene que tratar con personas del tipo de nuestros vecinos y conciudadanos, tiene necesidad de vigilar a cada instante.

Integridad. —¿Y qué tal se portan vuestros vecinos?

Contrito. —Son mucho más moderados y respetuosos con nosotros que antes. Ya sabes cómo trataron a Cristiano y a Fiel; afortunadamente, ahora no cometen tantos excesos. Creo que la sangre de Fiel se les hizo una carga muy pesada de soportar, que han arrastrado y siguen arrastrando hasta el día de hoy; pues, desde que lo quemaron, han sentido demasiada vergüenza como para repetir su fechoría en otros, y no han vuelto a reincidir. En aquella época teníamos miedo de pasear por las calles, pero ahora ya nos atrevemos a asomar la cabeza. Entonces, el solo nombre de cualquiera que hiciera profesión de fe y viviera una vida piadosa, era odioso; ahora, especialmente en algunos barrios (ya sabes que la ciudad es grande), la fe es valorada y considerada como un honor. ¿Y vosotros? ¿Cómo lo habéis pasado en vuestra peregrinación? ¿Cómo os mira el país: con favor o con hostilidad?

Integridad. —Pues igual que la mayor parte de los viajeros; algunas veces el camino se presenta despejado, otras cenagoso; hoy caminamos cuesta arriba, mañana cuesta abajo; los escenarios cambian de un momento a otro. No siempre vamos con el viento a favor, ni podemos considerar amigo a todo aquel que encontramos en el camino. Nos hemos visto implicados en algunas situaciones difíciles y no sabemos qué es lo que nos aguarda aún por delante; en general, encontramos que es una gran verdad lo que se dijo antiguamente: que un hombre bueno ha de soportar pruebas.

Contrito. –Has hecho mención a situaciones difíciles, ¿en cuáles os habéis encontrado concretamente?

Integridad. –Gran-Corazón es quien mejor te puede informar sobre eso.

Gran-Corazón. –Hemos sufrido tres o cuatro ataques. En primer lugar, Cristiana y sus hijos fueron agredidos por dos rufianes, y llegaron a pensar por un instante que les quitarían la vida. Luego nos atacaron los gigantes Grima, Aporreador y Mata-lo-bueno. Aunque a este último hay que decir, en justicia, que más bien lo atacamos nosotros. Os contaré cómo sucedió:

Llevábamos algún tiempo en casa de Gayo, «hospedador mío y de toda la Iglesia»,[122] cuando tomamos la determinación de empuñar las armas y salir juntos al camino para ver si conseguíamos dar con alguno de los enemigos de los peregrinos, pues nos habían dicho que en aquel paraje había uno que era muy agresivo. Puesto que solía actuar siempre en la vecindad, Gayo conocía dónde estaba su guarida y, por tanto, fuimos explorando el terreno hasta que por fin descubrimos la entrada de su caverna, lo que nos alegró mucho y nos fortaleció el ánimo. Al acercarnos, vimos que tenía en sus garras a este pobre hombre, Mente-Flaca, a quien había arrastrado por la fuerza hasta su caverna y estaba a punto de acabar con él. Cuando nos vio, en lugar de amedrentarse, pensó que podría capturar nuevas presas, y salió a nuestro encuentro dejando a su víctima en la cueva. Entonces trabamos una lucha encarnizada, y debo reconocer que luchó con bravura; pero finalmente conseguimos reducirle, lo arrojamos al suelo, le cortamos la cabeza y la colocamos a un lado del camino para escarmiento de los que en adelante tengan intención de practicar semejantes iniquidades. Para confirmar lo que os digo, aquí tenéis a la víctima, que fue como un cordero arrancado de las fauces del león.

Mente-Flaca. –El relato es exacto. Temía que el monstruo me triturase los huesos; y por tanto, sentí un gran alivio cuando vi a Gran-Corazón y sus amigos venir armados para rescatarme.

Varón-Santo. –Dos cosas son esenciales para todos aquellos que van en peregrinación: valor y una conducta intachable. Sin valor no pueden continuar su camino; y si sus vidas son desordenadas, desacreditan el buen nombre de los peregrinos.

Ama-A-Los-Santos. –Espero que a vosotros tal amonestación no os sea necesaria. La triste realidad es que algunos de los que se ponen en camino, a juzgar por su comportamiento, parecen más bien ajenos al

---

[122] Romanos 16:23.

peregrinaje y están lejos de identificarse como extranjeros y peregrinos sobre la tierra.[123]

No-Osar-Mentir. –Es cierto: ni visten ropas de peregrino, ni se comportan como tales; no andan rectamente, antes bien sus pasos se tuercen con facilidad; calzan un zapato del derecho y otro del revés, y sus calcetines están rotos y llenos de agujeros; van por la vida hechos unos guiñapos, con lo que desmerecen a nuestro Señor.

Penitente. –Debería caérseles la cara de vergüenza; va a ser difícil que los peregrinos hallen gracia y reconocimiento a los ojos del mundo mientras semejantes mamarrachos no desaparezcan del camino.

Siguieron en estas reflexiones hasta que se sirvió la cena, la cual, junto con el descanso de la noche, devolvió a nuestros cansados viajeros su vitalidad y les dotó de nuevas fuerzas.

Permanecieron varios días en la ciudad de Vanidad alojados en casa de Mnasón, quien -a su vez- dio en matrimonio a su hija Gracia a Samuel, y otra hija suya, Marta, a José.

Siendo que la actitud de los habitantes de la ciudad había cambiado, no tenían prisa en marcharse, y durante su estancia pudieron contactar y hacer amistad con muchas personas buenas que vivían en ella, y que les hicieron cuantos favores pudieron. Misericordia, según su costumbre, trabajó mucho en favor de los pobres y fue un ejemplo y orgullo para todas las demás su profesión de fe, puesto que el gran número de personas en la ciudad que se beneficiaban de su trabajo la alababan y bendecían constantemente. Por su parte, Gracia, Febe y Marta tenían también, todas ellas, la misma disposición, y también hicieron mucho bien en sus respectivas áreas de trabajo. Todas tuvieron hijos y engendraron numerosa prole, de modo que el apellido Cristiano tenía ya más que asegurada su continuidad y propagación en el mundo.

Seguían todavía en la ciudad cuando se dio la circunstancia de que, de pronto, hizo su aparición un monstruo de los bosques, que de cuando en cuando solía asolar la ciudad y raptar a muchos bebés para amamantarlos junto con sus cachorros. Nadie de la ciudad se había atrevido jamás a enfrentarse a esta fiera, pues había dado muerte ya a muchos de sus habitantes, y por tanto, cuando venía a la ciudad, todos salían huyendo al menor ruido de sus pisadas.

El monstruo no se parecía a ninguno de los animales de la tierra; tenía el cuerpo como de dragón, y poseía siete cabezas y diez cuernos;[124] era de color escarlata, cabalgaba encima de él una mujer, y causaba muchos estragos entre los niños. Proponía condiciones a los habi-

---

[123] Hebreos 11:13.
[124] Apocalipsis 17:3.

tantes de la ciudad, y los que amaban más sus vidas que sus almas, aceptaban sus condiciones y se sujetaban a su voluntad.

En vista de esto, Gran-Corazón, junto con los cristianos de la localidad que habían acudido a casa de Mnasón para ver a los peregrinos, concertaron un pacto para salir en busca de la fiera y tratar de ahuyentarla, librando así a los habitantes de la ciudad de las garras de tan terrible monstruo.

Salieron, pues, a su encuentro Gran-Corazón, Contrito, Varón-Santo, No-Osar-Mentir y Penitente, todos ellos armados hasta los dientes. La fiera, al principio, los miraba con desprecio mientras daba resoplidos; pero sus atacantes, que eran robustos y diestros en el uso de la armas, arremetieron contra ella con tanto ímpetu que la obligaron a batirse en retirada. Hecho esto, regresaron a la casa de Mnasón.

El monstruo, que como he dicho acudía periódicamente a la ciudad para raptar a los niños, no sólo quedó herido, sino también cojo, de modo que ya no podría causar tantas víctimas como antes; y algunos opinaban, incluso, que no tardaría en morir a consecuencia de las heridas que le habían infligido en el combate.

Estos hechos extendieron la fama de Gran-Corazón y sus compañeros por toda la ciudad; de modo que muchos de sus habitantes, que hasta entonces no habían manifestado ningún aprecio por las cosas espirituales, los felicitaron y los tenían en gran estima y respeto. Esto hizo que los peregrinos, esta vez, no recibieran daño alguno en la ciudad de Feria de Vanidad; aunque eso no evitó que algunos malvados, ciegos como topos y torpes como bestias del campo, pasando por alto su fama de héroes e ignorando su valor y sus hazañas, les insultaran y les faltaran al respeto.

CAPÍTULO XVII

Gran-Corazón y sus acompañantes llegan a los prados deleitosos. Muerte del gigante Desesperación y demolición del castillo de la Duda. Desaliento y su hija son libertados.

Llegó, por fin, el momento en que los peregrinos debían reanudar su marcha, y comenzaron los preparativos para ello. Llamaron a sus amigos para pedirles consejo, y se encomendaron mutuamente a la protección de su Príncipe. Sus amigos les entregaron diversos presentes de cosas necesarias para el camino, apropiadas tanto para los débiles como para los fuertes; para las mujeres, y para hombres.[125]

Dispuesta ya la marcha, partieron; y sus amigos, que les acompañaron hasta donde les fue posible, les encomendaron de nuevo al amparo de su Rey y se despidieron. Precedidos de su guía (Gran-Corazón) los hombres delante y las mujeres detrás, marchaban lentamente, conforme al ritmo que los más rezagados podían soportar; lo que complacía a Pronto-A-Caer y Mente-Flaca, al ver que tan buen número de compañeros se compadecían de sus flaquezas.

Una vez fuera del pueblo, llegaron al lugar donde Fiel había padecido el martirio; allí hicieron alto y dieron gracias a Aquel que le había dado a Fiel las fuerzas e infundido el aliento necesario para sobrellevar tan bien su cruz; tanto más cuando acababan de constatar, con sus propios ojos, que los padecimientos que con tanto valor y resignación había soportado no habían sido en vano, sino que habían motivado un cambio de actitud en los habitantes de la ciudad.

Después de esto, anduvieron un buen trecho hablando de Cristiano y Fiel, y de cómo Esperanza unió su suerte a la de Cristiano tras la muerte de Fiel.

Así avanzaron hasta llegar a un collado llamado Lucro, donde estaba la mina de plata que había apartado a Demas de su peregrinación, y en la que -según se cree- cayó Propio-Interés y pereció. Recordar estas cosas les dio mucho que pensar; pero cuando llegaron al antiguo mo-

---

[125] Hechos 28:10.

numento que se levanta al otro lado de la llanura, es decir, la columna
de sal que se elevaba frente a Sodoma y su lago hediondo, se quedaron sorprendidos, como en su día se sorprendió Cristiano de que
"personas tan dotadas de perspicacia y conocimientos como Demas
y sus compañeros, se hubiesen ofuscado hasta el punto de extraviarse en semejante lugar". Sin embargo, reflexionándolo pausadamente,
llegaron a la conclusión de que la desgracia ajena nunca produce en la
naturaleza humana una huella lo suficientemente profunda como para
que le sirva de ejemplo y advertencia; en especial, cuando las cosas que
la tientan revisten aquellos atractivos que más la halagan.

Siguiendo, pues, los peregrinos su camino, vi que llegaban al río
que se encuentra al pie de las montañas de las Delicias, y en cuyas
dos riberas crecen árboles frondosos, cuyas hojas sirven para prevenir
indigestiones y donde los prados son verdes todo el año; un lugar
agradable y deleitoso donde podían descansar con absoluta seguridad
y sin miedo a sobresaltos.

En los prados colindantes con el río había corrales y apriscos para
ovejas, una granja dedicada a la cría de corderos, y además una casa
en la que se ocupaban de la crianza de los hijos de las mujeres que
iban en peregrinación. En la granja había un Hombre-Compasivo,
que llevaba a los corderos en sus brazos y pastoreaba suavemente a
las ovejas recién paridas.[126] Entonces, Cristiana aconsejó a sus cuatro
nueras que confiasen a sus pequeños al cuidado de este Hombre-
Compasivo, para que se albergaran en la casa y se criaran al lado de
aquellas aguas, a fin de que, en el futuro, no faltase ninguno de ellos.
Ese Hombre-Compasivo recoge a todo aquel que se descarría y se
pierde: «Venda a las peniquebradas y fortalece a las débiles».[127] Allí no
les falta comida, bebida ni vestidos; y están libres de las asechanzas
de los ladrones y mala gente, porque su Pastor está dispuesto a dar
su vida antes que se pierda uno solo de aquellos que le han sido con-
fiados.[128] Allí, además de estar seguros, reciben una buena educación,
buenos consejos, y se les enseña a andar por los caminos rectos, lo
que es un enorme privilegio. Allí es donde se encuentran las aguas
reposadas, los prados deleitosos, hay flores hermosísimas y una gran
variedad de árboles, especialmente del tipo que dan fruto sano, fruto
que proporciona salud donde no la hay, y donde la hay, la fortalece y
aumenta; no frutos contaminados, como los que asomaban por encima del muro del huerto de Beelzebub, y de los cuales Mateo comió
con gran perjuicio suyo.

---

[126] Isaías 40:11.
[127] Ezequiel 34:12-16.
[128] Jeremías 23:4.

Las madres se sintieron muy satisfechas de poder confiar el cuidado de sus pequeños a ese Hombre-Compasivo, un Hombre tan especial; y más aún, sabiendo que todos los costes de su educación y manutención correrían a expensas del Rey, puesto que el lugar era como una especie de refugio y asilo para niños y huérfanos.

Después de confiar a los pequeños al cuidado del Hombre-Compasivo, prosiguieron su peregrinación, y al llegar al Prado de la Senda-Extraviada, donde Cristiano y Esperanza cayeron presos del gigante Desesperación y fueron encerrados en el castillo de la Duda, los peregrinos tomaron asiento y debatieron entre ellos acerca de qué sería mejor hacer. La opinión de algunos era que, antes de seguir (y aprovechando que eran un grupo tan numeroso y estaban capitaneados por un experto guerrero como Gran-Corazón) no debían perder la oportunidad de atacar al gigante, derribar su castillo y, si encontraban en sus mazmorras algunos peregrinos presos, ponerlos en libertad. Pero no todos opinaban igual, pues había quienes dudaban de que fuera lícito adentrarse en tierra no consagrada; a lo que los primeros replicaban que sí lo era, con tal de que el propósito al hacerlo fuera bueno. Entonces Gran Corazón dijo:

—Esto último no es siempre verdad; no obstante, he recibido órdenes explícitas de resistir al pecado y de pelear siempre en defensa de la fe; y siendo así, decidme ¿con quién me corresponde pelear en defensa de la fe sino con el gigante Desesperación? Por tanto, tomo a mi cargo la empresa de quitarle la vida y de arrasar el castillo de la Duda. ¿Quién me acompaña?

—Yo voy contigo -dijo el anciano Integridad.

—Y nosotros también -añadieron los cuatros hijos de Cristiano, que se habían convertido ya en unos jóvenes altos y robustos.[129] Dejaron, pues, a las mujeres sentadas en un terraplén del camino, al cuidado de Mente-Flaca y Pronto-A-Caer para que las protegieran con sus muletas hasta su regreso, lo que implicaba muy poco riesgo, pues a pesar de la proximidad del gigante, con tal de que no se movieran del camino, hasta un niño las podía guiar.[130]

Gran-Corazón, Integridad y los cuatros jóvenes, se dirigieron al Castillo de la Duda en busca del gigante Desesperación. Al llegar a la puerta del castillo, llamaron con gran estrépito. Acudió el viejo gigante Desesperación, seguido de cerca por su esposa Desconfianza.

—¿Quién es -preguntó el gigante con voz estruendosa- el osado que se atreve a importunarme de este modo?

---

[129] 1ª Juan 2:13,14.
[130] Isaías 11:6.

—Soy yo, Gran-Corazón, el guía de peregrinos al servicio del Rey del país celestial, y te ordeno que abras la puerta de inmediato, pues vengo decidido a luchar contigo y a demoler tu castillo después de darte muerte.

El gigante, que era muy corpulento y por tanto se creía invencible, confiado en su enorme fuerza contestó:

—¿Acaso me ha de espantar Gran-Corazón a mí, que he vencido a los mismos ángeles?

Se enfundó en su armadura, abrió la puerta y salió hecho una furia. En la cabeza llevaba un yelmo de acero, un flamante peto le protegía el pecho, sus pies estaban calzados de hierro y en la mano blandía un enorme garrote. Tan pronto el gigante salió de su castillo, Gran-Corazón y sus compañeros lo cercaron, atacándole por todos los flancos; y cuando Desconfianza, la giganta, acudió en su ayuda, el anciano Integridad la derribó de un certero golpe. El gigante, acosado por todos los costados, hizo un vano y desesperado intento de resistir, pero pronto fue derribado; aunque, justo es decirlo, a pesar de estar en el suelo, seguía defendiendo su vida con un coraje digno de la mejor causa; pero Gran-Corazón, con el valor y destreza que le distinguían, consiguió acercarse lo suficiente para cortarle la cabeza de un tajo.

Acto seguido, comenzaron derribar el castillo de la Duda, tarea relativamente fácil de llevar a cabo una vez aniquilado su dueño, pero que, aún así, les ocupó siete días. En los calabozos encontraron a un tal Desaliento, medio muerto de hambre, y a su hija Mucho-Temor. A estos dos consiguieron rescatarlos vivos, pero el número de cadáveres que yacían esparcidos por todos lados y la cantidad de huesos y restos humanos que encontraron en los calabozos y en el patio del castillo, era pavoroso, y les dejó estupefactos.

Gran Corazón y sus compañeros, culminada su hazaña, tomaron bajo su protección a Desaliento y a su hija Mucho-Temor, que eran personas honradas, pese a que habían permanecido mucho tiempo encerrados en el castillo de la Duda como prisioneros del gigante Desesperación. Sepultaron el cuerpo del tirano bajo un montón de piedras, y tomando su cabeza bajaron al camino para informar a los demás de lo sucedido.

La alegría de Mente-Flaca y Pronto-A-Caer, al reconocer la cabeza del gigante Desesperación, fue enorme. Cristiana, que sabía tocar la viola, y su nuera Misericordia, que tocaba el laúd, viéndolos tan alegres, se decidieron a tocar una melodía. Y a Pronto-A-Caer le entraron deseos de bailar, y tomando de la mano a Mucho-Temor, bailaron juntos una danza. Necesario es decir que bailaba apoyado en una de sus muletas, mas no por ello dejó de brincar como un joven; y la muchacha se hizo también acreedora de todo tipo de elogios por lo bien que bailaba al ritmo de la música.

Por lo que respecta a Desaliento, no hacía mucho caso de la música; pues su desfallecimiento era tan grande que estaba mucho más interesado en comer que en bailar. Para aliviarle un poco el hambre, Cristiana le dio un trago de la botella de mosto mientras le preparaba algo para comer, y así, el pobre se fue reanimando y al poco tiempo comenzó a cobrar fuerzas.

Vi, luego, en mi sueño, que Gran-Corazón tomaba la cabeza del gigante y la colocaba a un lado del camino, enfrente mismo de la columna que Cristiano había erigido para advertir a los que viniesen detrás suyo del riesgo que corrían si se adentraban en el territorio del castillo de la Duda. Debajo de la cabeza del gigante, esculpió en una piedra de mármol los siguientes versos:

> *Ved aquí la cabeza del* Gigante
> *que a pobres peregrinos aterraba;*
> *su castillo ya queda derribado,*
> *y muerta su mujer, la* Desconfianza;
> Gran-Corazón, *de oscuros-calabozos,*
> *a* Desaliento *y a su hija saca.*
> *Quien tenga dudas, que se fije en esto,*
> *y serán, como nubes, disipadas.*
> *Esta cabeza, libertad anuncia,*
> *y al verla, de placer los cojos bailan.*

CAPÍTULO XVIII

Los peregrinos llegan a las Montañas de las Delicias, donde los Pastores les dispensan un amigable recibimiento.

Después de la hazaña mencionada, nuestros bravos y valientes peregrinos siguieron adelante hasta llegar a las Montañas de las Delicias, donde Cristiano y Esperanza habían hecho un alto para recuperarse gozando de sus deleites. Allí contactaron con los Pastores, quienes les dieron la bienvenida, tal como antes habían hecho con Cristiano y su compañero.

Viendo los Pastores el numeroso grupo liderado por Gran Corazón (a él le ya le conocían), le dijeron:

–Buena compañía traes, Gran-Corazón. ¿Dónde encontraste a todos éstos?

El guía les presentó, uno a uno, a los peregrinos, diciendo:

> *Aquí viene* Cristiana *con sus hijos*
> *y sus nueras, cual Carro que señala*
> *el polo y manifiesta el camino*
> *que lleva del pecado hasta la gracia.*
> *Integridad peregrinando viene,*
> *y Pronto-A-Caer con Mente-Flaca,*
> *como ambos son sinceros, no han querido*
> *que atrás sus compañeros les dejaran.*
> *Desaliento también va con nosotros*
> *y Mucho-Temor, su hija, le acompaña.*
> *¿Podemos hospedarnos aquí mismo,*
> *o deberemos proseguir la marcha?*

–Bienvenida sea tan hermosa compañía -dijeron los Pastores; aquí tenemos consuelo y hospedaje tanto para los débiles como para los fuertes. Nuestro Príncipe considera como un agasajo hecho a Él mismo todo favor hecho al más insignificante de los peregrinos;[131] por

---

[131] Mateo 25:40.

eso, su debilidad no es motivo alguno para que no les hagamos objeto de nuestra mejor hospitalidad.

Entonces, llevando al grupo de peregrinos a la puerta del palacio dijeron:

—Venid, Mente-Flaca y Pronto-A-Caer; pasad también hacia delante, tú, Desaliento, y tú, Mucho-temor.

Y hecho esto, volviéndose hacia el guía, le informaron:

—A éstos los llamamos por su nombre y los llevamos para que se alberguen en el palacio porque son los más débiles y precisan de mayor protección; a vosotros, que sois fuertes, os dejamos en la libertad habitual de moveros según os plazca por el territorio.

Gran-Corazón. —Hoy veo que la gracia resplandece en vuestros rostros, y que sois verdaderamente Pastores de mi Señor; no habéis empujado con el hombro ni acorneado a las ovejas débiles[132] para que se dispersaran, antes bien, conforme es vuestro deber, habéis esparcido flores en su camino hacia el palacio.

Entraron, pues, todos: primero los débiles, seguidos de Gran-Corazón, y después los demás. Una vez sentados, los Pastores, preguntaron a los más débiles:

—¿Qué se os ofrece? Porque aquí todas las cosas han de conducir a la corroboración de los débiles y a la amonestación de los desobedientes.

Seguidamente les sirvieron un banquete de cosas nutritivas, fáciles de digerir y agradables al paladar; y después todos se retiraron a sus respectivas habitaciones en busca de descanso.

Los Pastores tenían por costumbre, dado lo elevado de las montañas, mostrar a los peregrinos, antes de su partida, algunas de las cosas curiosas que desde allí podían verse. De modo que, a la mañana siguiente -y aprovechando que la atmósfera estaba muy despejada- después de que los viajeros desayunaran, los llevaron al campo y les enseñaron lo que antes habían mostrado a Cristiano.

Seguidamente, les acompañaron a otros lugares nuevos. En primer lugar, se dirigieron al Monte-de-las-Maravillas, donde, a una gran distancia de ellos, vieron a un hombre que, sólo con hablar, hacía que los montes y los collados se levantaran y se trasladaran de lugar. Como sea que no entendían el significado de esto, los Pastores les explicaron que ese hombre era hijo de un tal Gran-Gracia (de quien nos ocupamos ya en la primera parte de esta obra que relata el viaje de Cristiano), y que se encontraba allí para enseñar a los peregrinos a derribar o arrancar de su camino, por medio de la fe, cuantos obstáculos o dificultades tuvieran que enfrentar.[133]

---

[132] Ezequiel 34:21.
[133] Marcos 11:23,24.

–Lo conozco -dijo Gran-Corazón-; su fe está muy por encima de la que poseen la mayoría de los demás hombres.

De allí, los condujeron a otro lugar, llamado el Monte-de la-Inocencia, en cuyo paraje vieron a un hombre vestido totalmente de blanco; y junto a él a dos rufianes, llamados Prevención y Malevolencia, que continuamente le iban tirando encima una especie de fango; pero toda la inmundicia que le tiraban encima, se deshacía en breves instantes, y sus vestidos volvían a quedar de nuevo tan limpios y blancos como si nunca se hubieran ensuciado.

Peregrinos. –¿Qué es lo que significa esto?

Pastores. –Su nombre es Piadoso, y sus vestidos blancos representan su inocencia en la vida. Los que le tiran barro son personas que odian su honestidad y virtud; pero, tal como habéis visto, el cieno que le tiran encima no se adhiere a sus vestidos. Así ocurre también con todos aquellos que en el mundo son capaces de vivir manteniendo su inocencia; por mucho que haya quienes se esfuercen en empañar su honor y virtud, todos sus esfuerzos son en vano, pues Dios, con su inquebrantable justicia, no tarda mucho en hacer que su inocencia resplandezca de nuevo como la luz del día.

Después los acompañaron al Monte-de-la-Caridad, y les mostraron un hombre que tenía delante de sí una pieza de tela de la que cortaba constantemente vestidos para los pobres que le rodeaban; y a pesar de que cortaba y cortaba un trozo tras de otro, la pieza de tela no mermaba ni sufría ninguna disminución.

–Esto -dijeron los Pastores en contestación a una pregunta de los peregrinos- es para mostraros que a aquel que trabaja y se esfuerza en favor de los pobres, no le faltará nunca lo necesario para poder hacerlo. «El alma generosa será prosperada, y el que saciare, él también será saciado»;[134] el bocado de pan que la viuda dio al profeta, no hizo que disminuyera la cantidad de harina que tenía en su barril.[135]

En otro lugar les mostraron a dos hombres, llamados Necio y Falto-de-juicio, afanados en lavar a un negro con la intención de volverlo blanco;[136] pero cuanto más lo lavaban, más relucía el color oscuro de su piel y más negro parecía. Cuando preguntaron qué significaba aquello, les dijeron:

–«Así sucede con los malos y viles: todos los medios y esfuerzos que se utilizan para tratar de que parezcan buenos y nobles, no sirven sino para que reluzca todavía más su maldad y su vileza, y su aspecto se vuelve aún más abominable. Así fue con los Fariseos y así será con todos los hipócritas.»

---

[134] Proverbios 11:25.
[135] 1° Reyes 17:16.
[136] Jeremías 13:23.

Entonces Misericordia dijo a su suegra, Cristiana:

—Madre, si me permite, quisiera ver la abertura que hay en el collado, que comúnmente llaman trampilla o postigo del infierno.

Su suegra comunicó su deseo a los Pastores, y todos juntos dirigieron sus pasos hacia allá. La trampilla se encontraba justo en la falda de la colina, y los Pastores, abriéndola, dijeron a Misericordia que se asomara y escuchara. Entonces, Misericordia escuchó una voz que gritaba:

—¡Maldito sea mi padre por haber apartado mis pies del camino de la paz y de la vida!

Otra decía:

—¡Ojalá hubiera sido despedazado por las fieras antes que, para salvar mi vida, haber perdido mi alma!

Mientras, un tercero, exclamaba:

—Si pudiera volver a vivir, ¡cuánto me negaría a mí mismo antes que venir a parar a este lugar!

Entonces, a la joven le dio la sensación de que la tierra se estremecía y gemía bajo sus pies, y se alejó de la trampilla pálida y temblando mientras decía:

Misericordia. —¡Felices aquellos que se ven libres de este lugar!

Después de mostrarles todas estas maravillas, los Pastores les llevaron de nuevo al palacio, donde los agasajaron con lo mejor que había en la casa.

Misericordia, por su parte, como sucede a veces con las mujeres, se había encaprichado de un objeto que había visto en un salón del palacio, pero se avergonzaba de pedirlo; pero tan fuerte era su deseo y anhelo de conseguirlo, que casi se puso enferma, cosa que llamo la atención de su suegra, que le preguntó:

Cristiana. —¿Qué te pasa?

Misericordia. —En el comedor del palacio hay un espejo del cual estoy prendada y no consigo apartar de él ni mis ojos ni mis pensamientos; si no consigo hacerme con él, temo que me ocurra alguna desgracia.

Cristiana. —Comunicaré tu deseo a los Pastores y estoy segura de que no te lo negarán.

Misericordia. —El problema es, no obstante, que me da vergüenza que sepan que he codiciado algo del palacio.

Cristiana. —De ningún modo, hija mía; desear y anhelar algo así, lejos de ser una vergüenza, es una virtud.

Misericordia. —En ese caso, y si os parece bien, preguntad a los Pastores si estarían dispuestos a vendérmelo.

El espejo en cuestión era único en su clase. Mirándolo por un lado, uno veía reproducidas con fidelidad sus propias facciones;[137] mientras

---

[137] Santiago 1:23.

que si lo miraba por el lado opuesto, reflejaba el rostro del Príncipe de los peregrinos.[138]

Algunos que entienden del tema, me han asegurado que mirándose en ese espejo, han visto la corona de espinas coronando su frente, así como las heridas en sus manos, en sus pies y en su costado.[139] Tales son las excelencias de ese espejo, según dicen, que representa al Príncipe en la manera en que uno quiera verlo, vivo o muerto, en la tierra o en el cielo, en su humillación o en su exaltación, viniendo al mundo a sufrir o viniendo a reinar.

Cristiana habló en privado con los Pastores, que se llamaban Ciencia, Experiencia, Vigilancia y Sinceridad, y les hizo partícipes del anhelo de Misericordia. A lo que dijeron:

Experiencia. –Llámala, llámala; tendrá todo aquello que desee y que nos sea factible proporcionarle.

Llamaron pues a Misericordia, y le preguntaron:

Pastores. –¿Qué es lo que deseas?

Misericordia. –(Sonrojándose) El espejo que está colgado en el comedor.

Sinceridad fue en busca del espejo y, con unánime consentimiento de los demás, lo entregó a Misericordia. Ella, entonces, hizo una reverencia y les dio las gracias, diciendo:

Misericordia. –Por vuestra generosidad, sé que he hallado gracia en vuestros ojos.

Dieron también a las demás jóvenes todo aquello que deseaban, y obsequiaron a la vez a sus respectivos maridos, por cuanto no habían mostrado temor de unirse a Gran-Corazón para dar muerte al gigante Desesperación y derribar el castillo de la Duda. Todas las mujeres recibieron joyas y alhajas de valor con las que adornarse y embellecerse.

Cuando los peregrinos decidieron proseguir su camino, los Pastores les despidieron en paz, sin hacerles antes las advertencias y amonestaciones que habían hecho a Cristiano y su compañero. Esto fue debido a que iba con ellos Gran-Corazón, que conocía bien el camino, y por tanto podía advertirles del peligro más oportunamente, es decir, cuando éste fuese inminente. Las amonestaciones que Cristiano y Esperanza recibieron en su día de parte de los Pastores no les sirvieron de mucho, pues las habían olvidado ya antes de que llegara el momento de valerse de ellas. En este sentido, el grupo de nuestros peregrinos jugaba con ventaja.

De nuevo en ruta, y mientras caminaban, alzaron sus voces cantando:

---

[138] 1ª Corintios 13:12.
[139] 2ª Corintios 3:18.

¡Qué bien han preparado estas mansiones
para solaz del pobre peregrino!
¡Cómo se nos recibe! ¡Cuántos dones
para quien lleva el celestial camino!
Nos hacen ver hermosas novedades,
por darnos grande gozo en nuestra vida;
y el objeto de todas sus bondades,
es hacer nuestra marcha sostenida.

CAPÍTULO XIX

Encuentro con Valiente-por-la-Verdad, quien se une al grupo; su historia ejemplifica cómo un hombre puede triunfar en todas las dificultades que se le presenten.

Poco tiempo después de separarse de los Pastores, los peregrinos llegaron al lugar donde Cristiano se había cruzado con Vuelve-atrás, natural de la ciudad de Apostasía. Gran-Corazón les recordó aquel incidente, diciéndoles:

–Éste es el lugar donde Cristiano encontró a Vuelve-atrás, con un letrero en sus espaldas explicando la naturaleza de su rebelión. Este sujeto no quiso escuchar ningún consejo, antes bien, una vez caído, rechazó cualquier intento de persuasión y todo fue inútil para detenerlo. Cuando, en su retroceso, llegó al lugar donde están la cruz y el sepulcro, encontró a uno que le encareció que contemplase la escena y reconsiderara su actitud; pero él, rechinando los dientes y dando patadas en el suelo, dijo que estaba resuelto a regresar a su ciudad por encima de todo. Antes de que llegase a la Puerta, Evangelista salió a su encuentro y quiso persuadirle, tratando de encauzarle de nuevo hacia el camino; pero Vuelve-atrás lo resistió, insultándole y afrentándole con improperios, y escalando un muro, escapó del camino.[140]

Los peregrinos seguían avanzando y, precisamente en el lugar donde tiempo atrás Poca-Fe había sido objeto de un robo, vieron a un hombre que estaba de pie; empuñaba en una mano su espada desnuda y tenía el rostro completamente ensangrentado. Gran-Corazón le preguntó:

Gran-Corazón. –¿Quién eres?

Valiente-Por-La-Verdad.–Me llamo Valiente-por-la-Verdad. Soy peregrino y me dirijo a la Ciudad Celestial. Seguía mi camino, cuando tres hombres me asaltaron proponiéndome tres cosas. Debía elegir entre: asociarme con ellos; volver atrás al lugar de donde vengo; o morir aquí mismo.

A lo primero contesté que, siendo un hombre honrado y leal desde hace mucho tiempo, no cabía esperar que ahora uniera mi suerte a la de unos ladrones.[141]

[140] Hebreos 10:26-29.
[141] Proverbios 1:10,16.

Entonces me preguntaron qué contestaba a su segunda proposición. Les dije que, de no haber sido porque en el lugar de donde procedía padecía muchas molestias y peligros, no lo hubiera abandonado; salí de allí para seguir este camino, porque entendí que me era imposible seguir en él. Por tanto, no había posibilidad alguna de que cambiara de opinión y decidiera volver allá.

Finalmente me preguntaron qué les decía en cuanto a lo tercero.

—Mi vida -les dije- me ha costado demasiado cara para ahora perderla tan fácilmente como vosotros decís; además, no corresponde a vosotros hacerme tal proposición, por lo tanto, si osáis tocarme, ateneos a las consecuencias, porque pienso defenderme.

Entonces, los tres malvados (que se llamaban Ligero-de-cascos, Inconsiderado y Pragmático) arremetieron contra mí, y yo desenvainé mi espada para defenderme. Peleamos cuerpo a cuerpo durante más de tres horas, uno contra tres. Mis adversarios han dejado en mi rostro algunas señales de su furia, y también consiguieron llevarse algunas de mis posesiones. Pero finalmente acaban de huir, supongo que intuyendo vuestra llegada.

Gran-Corazón. —Era una lucha muy desigual, ¡tres contra uno!

Valiente-Por-La-Verdad. —Es cierto; pero, sean más o sean menos, da igual; poco daño pueden causar a aquel que es partidario de la Verdad: «Aunque un ejército acampe contra mí (no dos ni tres, un ejército entero) no temerá mi corazón».[142] Además, he leído en los archivos que un hombre solo luchó contra todo un ejército. ¡A cuántos hirió Sansón con la quijada de un asno![143]

Gran-Corazón. —¿Por qué no gritaste para que acudiera alguien en tu ayuda?

Valiente-Por-La-Verdad. —Así lo hice, clamé a mi Rey, quien -de ello estaba absolutamente seguro- podía oírme y otorgarme ayuda invisible, y eso me bastó.

Gran-Corazón. —Te has portado como un valiente. ¿Me dejas ver tu espada?

Valiente-por-la-Verdad se la entregó. El guía, después de examinarla minuciosamente, dijo:

Gran-Corazón. —¡Ajá! Es un arma excelente: acero de Jerusalén.

Valiente-Por-La-Verdad. —Así es. Cualquier hombre que tenga a mano una de estas espadas y sea capaz de blandirla con destreza, puede aventurarse al combate, incluso contra un ángel, si fuera necesario. Si sabe manejar la espada como corresponde, nada ha de temer. Su filo

---

[142] Salmo 27:3.
[143] Jueces 15:15,16.

no se embota nunca, y penetra la carne y los huesos, el alma, el espíritu y absolutamente todo.[144]

Gran-Corazón. –La pelea fue larga; es extraño que no desfallecieras.

Valiente-Por-La-Verdad. –Luché hasta que mi mano quedó unida a la espada como si fueran una misma cosa, la continuación de mi brazo,[145] y la sangre caía a borbotones de mis dedos; entonces fue cuando con más valor me batí.

Gran-Corazón. –Has obrado bien; has «resistido hasta la sangre combatiendo contra el pecado».[146] Te quedarás con nosotros y compartiremos la misma suerte, porque somos compañeros tuyos.

Entonces, le lavaron las heridas y le dieron alimento de lo que tenían; después, siguieron caminando juntos, con gran satisfacción de Gran-Corazón de poder contar en el grupo con un hombre que sabía defenderse, un luchador tan heroico como Valiente-por-la-Verdad. Siguieron, pues, andando, y Gran-Corazón, para animar a los más flacos y débiles, hizo muchas preguntas a su nuevo compañero de viaje. Primero le interrogó acerca de su país.

Valiente-Por-La-Verdad. –Vengo del País-de-las-Tinieblas; allí nací y allí viven todavía mis padres.

Gran-Corazón. –Si no me equivoco, el País-de-las-Tinieblas está en la misma región que la Ciudad de Destrucción. ¿No es así?

Valiente-Por-La-Verdad. –Correcto. Lo que me impulsó a salir en peregrinación fue lo siguiente: Vino a nuestra ciudad un tal Cuenta-la-Verdad y nos explicó lo que había hecho Cristiano, aquel que salió de la ciudad de Destrucción dejando a su mujer e hijos y abrazando la vida de peregrino. Según nos dijo, había dado muerte a una serpiente que había tratado de obstruirle el paso, y había llegado felizmente a donde se dirigía. Nos contó también acerca del afectuoso recibimiento que le habían dispensado en cada una de las hospederías de su Señor, y de la acogida cariñosa con que le habían abierto las puertas de la Ciudad Celestial. Nos explicó cómo fue recibido al son de trompetas por una compañía de seres resplandecientes; cómo echaron al vuelo todas las campanas de la ciudad, por el gozo que sentían al recibirle; y cómo le vistieron de un ropaje espléndido. Todo eso nos contó, junto con otras muchas cosas más que no os digo porque imagino ya sabéis. En una palabra: el forastero nos pintó de tal modo la historia de Cristiano y su viaje, que sentí que mi corazón ardía en deseos de seguirle; hasta tal punto que ni siquiera mis padres lograron detenerme. Me desenganché a la fuerza de sus brazos, y hasta aquí he llegado en mi camino.

---

[144] Efesios 6:12,17; Hebreos 4:12.

[145] 2º Samuel 23:10.

[146] Hebreos 12:4.

Gran-Corazón. —Entraste por la Puerta-Estrecha, ¿no es verdad?

Valiente-Por-La-Verdad. —Oh, sí, por supuesto; el mismo hombre que en Ciudad-de-las-Tinieblas nos contó la historia de Cristiano, nos advirtió también que todos nuestros esfuerzos resultarían vanos si no iniciábamos el camino correctamente entrando por la Puerta-Estrecha.

Gran-Corazón. —(Dirigiéndose a Cristiana) Veo que la noticia de la peregrinación de tu marido y lo que obtuvo por medio de ella, se ha divulgado por todas partes.

Valiente-Por-La-Verdad. —¡Cómo! ¡No me digas que ésa es la viuda de Cristiano!

Gran-Corazón. —Sí, ella es; y éstos son sus cuatro hijos.

Valiente-Por-La-Verdad. —¿Y ellos también son peregrinos?

Gran-Corazón. —Así es, puesto que siguen sus huellas.

Valiente-Por-La-Verdad. —Me alegro mucho, de veras. ¡Cuán gozoso estará el buen Cristiano al ver entrar por las puertas de la ciudad a los que en otro tiempo no quisieron acompañarle!

Gran-Corazón. —Sin duda, ver a su esposa y a sus hijos le llenará de alegría, que se sumará al gozo inefable que debe sentir ya por encontrarse él mismo en aquel lugar.

Valiente-Por-La-Verdad. —Algunos ponen en duda que en el Cielo nos conoceremos unos a otros. Ya que estamos hablando de esto, quisiera saber tu opinión.

Gran-Corazón. —¿Acaso no creen tampoco que ellos mismos tendrán consciencia, que se reconocerán a sí mismos, o que sentirán felicidad y regocijarán al verse rodeados de bienaventuranza? Pues si no les cabe duda de esto, ¿por qué no aceptar que reconocerán también a otros y se alegrarán de su bienestar? Además, siendo que nuestros parientes son algo tan íntimo y amado de nuestro corazón (aunque este parentesco humano allí desaparezca), ¿qué nos impide suponer, en toda lógica, que no estaremos más contentos y nos dará mayor felicidad verlos allí que echarlos de menos?

Valiente-Por-La-Verdad. —Bien, creo que la razón está de tu lado. ¿Tienes algo más que preguntarme acerca del comienzo de mi viaje?

Gran-Corazón. —Sí, quería preguntarte si tus padres estaban de acuerdo en que emprendieras la peregrinación.

Valiente-Por-La-Verdad. —No, todo lo contrario: emplearon todos los medios a su alcance para disuadirme y convencerme de que me quedara en casa.

Gran-Corazón. —¿Qué podían alegar en contra de semejante estilo de vida?

Valiente-Por-La-Verdad. —Decían que era una vida de perezoso, y que de no haber sido porque yo ya tenía una clara disposición para la vagancia y la holgazanería, jamás hubiera aceptado la condición de peregrino.

Gran-Corazón. –¿Alegaron algo más?

Valiente-Por-La-Verdad. –Me dijeron también que el camino de los peregrinos era el más peligroso del mundo.

Gran-Corazón. –¿Y te dijeron en qué consistían los peligros?

Valiente-Por-La-Verdad. –Sí, entraron en muchos detalles. Me hablaron del pantano de la Desconfianza, en el que Cristiano estuvo a punto de ahogarse; me dijeron que en el castillo de Beelzebub había arqueros dispuestos a lanzar sus saetas contra todos aquellos que llamasen a la Puerta-Estrecha; me hablaron de bosques tenebrosos y montañas escarpadas, del collado Dificultad, de los leones, de los tres gigantes Sanguinario, Aporreador, y Mata-lo-bueno. Además, me dijeron que por el valle de Humillación merodea un monstruo aterrador que a punto estuvo de acabar con Cristiano; me advirtieron que tendría que atravesar el Valle de Sombra-de-Muerte, donde abundan fantasmas, duendes y espectros, donde no penetra la luz porque todo son tinieblas, y donde el camino está sembrado de trampas y redes, de barrancos y despeñaderos.

Luego, me contaron sobre el gigante Desesperación y el Castillo de la Duda, de la suerte funesta que allí aguardaba a todos los peregrinos; me dijeron que tendría que cruzar la Tierra-Encantada, que es sumamente peligrosa, y que, por fin, aunque consiguiera salir de esto, me encontraría con un río que me separaría del país celestial, y que para salvarlo no existe puente alguno.

Gran-Corazón. –¿No te dijeron nada más?

Valiente-Por-La-Verdad. –No, eso fue todo. Sí me advirtieron de que en este camino abundan los farsantes y toda clase de gente mala, que acechan a los peregrinos para desviarlos.

Gran-Corazón. –¿Cómo sabían esto?

Valiente-Por-La-Verdad. –Me aseguraron que un tal Sabio-Según-el-Mundo, acecha a los caminantes para engañarlos; que Formalista e Hipocresía están continuamente por allí; que Propio-Interés, Locuacidad o Demas se me acercarían con sus seducciones; que Adulador me prendería en su red; o que probablemente presumiría de llegar hasta la puerta del cielo en compañía de Ignorancia, un ser de cabeza verde, y que, en realidad, lo único que conseguiría era llegar hasta la trampilla que hay en la falda de cierto collado, por donde sería arrojado, por el camino más corto, de cabeza al infierno.

Gran-Corazón. –¡Vaya! Ese discurso, por sí solo, ya es suficiente como para desanimar al más valiente y arrojado. Y hechas todas estas advertencias ¿pusieron fin a sus presiones para disuadirte?

Valiente-Por-La-Verdad. –¡Ni mucho menos! Después lo intentaron por otros medios. Me contaron acerca de los muchos que habían regresado; de los que habían intentado seguir este camino y avanzado mucho en él, para ver si conseguían dar con esa gloria que tantos otros habían ponderado y, ante las dificultades, con gran satisfacción de todos los habitantes de la ciudad, regresaron avergonzados, calificándose de locos y necios ellos mismos y a todos los que dieran un solo paso en esa dirección; y para más señas, me nombraron a varios que habían obrado así: Obstinado y Flexible, Temeroso y Desconfianza, Vuelve-atrás y Ateo, además de otros muchos; también me dijeron que algunos de ellos afirmaban haber llegado muy lejos en busca de esas dichas prometidas, pero que no habían encontrado nada, ni habían sacado de sus esfuerzos la más mínima ventaja.

Gran-Corazón. –¿Dijeron algo más para desalentarte?

Valiente-Por-La-Verdad. –Sí. Finalmente me hablaron de un peregrino llamado Receloso, quien encontró que el camino era tan solitario, que a lo largo del mismo no disfrutó ni tan sólo de un momento feliz y agradable; y de un tal Desaliento, que estuvo a punto de morir de hambre; y además (casi lo había olvidado) agregaron que el propio Cristiano -de quien se cuentan tantas hazañas y que despierta tanta admiración- a pesar de todos sus esfuerzos para conseguir una corona celestial, nunca la consiguió; pereció, sin lugar a dudas, ahogado en el Río Negro, sin lograr dar un paso más allá; aunque esto último tratan de ocultarlo -me dijeron- todos aquellos locos que siguen sus huellas.

Gran-Corazón. –¿Y nada de esto consiguió desanimarte?

Valiente-Por-La-Verdad. –Muy al contrario; todo cuanto me decían lo pasaba por alto y no me importaba.

Gran-Corazón. –¿Y cómo es eso?

Valiente-Por-La-Verdad. –Porque estaba absolutamente convencido de que lo que Cuenta-la-Verdad me había dicho era cierto, y esta convicción me llevaba a desechar toda clase de temores.

Gran-Corazón. –Ésta ha sido precisamente la base de tu victoria: tu fe.

Valiente-Por-La-Verdad. –Justo; creí, y por tal razón me puse en el camino; me batí con todos cuantos se opusieron a mi paso; y por medio de la fe, he llegado hasta aquí.

> *Miren bien estos ejemplos*
> *los que quieran ser viadores,*
> *y desechen los temores*
> *de este valle terrenal.*
> *Viento, lluvia ni borrasca*
> *apartan al peregrino,*

que, firme, sigue el camino
de la Patria Celestial.

Aunque le cuenten historias
para infundir desaliento,
no conseguirán su intento,
ni su fuerza abatirán;
Ni los leones le arredran,
ni el infierno le intimida
y con marcha sostenida
llega al fin a Canaán.

Los espectros y fantasmas
que ante el cobarde aparecen,
con la fe, se desvanecen,
y no asustan al leal.
Y Satanás, derrotado
por el bravo peregrino,
le deja libre el camino
de la Patria Celestial.

CAPÍTULO XX

Los peregrinos pasan por Tierra-Encantada. Destino miserable de aquellos que descuidan sus obligaciones. Encuentro con Firmeza y narración de cómo alcanzó la victoria sobre las seducciones del mundo.

Muy cerca se encontraban ya de Tierra-Encantada, un territorio cuya atmósfera saturada de emanaciones soporíferas aletarga los sentidos de los caminantes. El país entero está cubierto de espinas y abrojos, con la excepción de unos pocos claros en los que se levantan unas pérgolas encantadas, bajo las cuales, si uno se echa a dormir, es poco probable que vuelva despertar o que lo haga en este mundo.

Nuestros peregrinos caminaban atentos y con la mayor precaución posible a través de estos extraños matorrales. Gran-Corazón, asumiendo su papel de guía, iba delante, y Valiente-por-la-Verdad marchaba en la retaguardia, cerrando la columna por si acaso algún demonio, dragón, gigante o salteador intentara atacarles por la retaguardia. Ambos caminaban con sus respectivas espadas desenvainadas y en la mano, por cuanto sabían que el paraje era muy peligroso.

Mientras caminaban, se iban dando ánimos unos a otros como mejor podían. Gran-Corazón había dispuesto que Mente-Flaca se situara justo detrás de él; mientras que Desaliento, en la retaguardia, estaba bajo el cuidado especial de Valiente-por-la-Verdad.

Al poco de internarse por este territorio, cayó sobre ellos una espesa niebla acompañada de densas tinieblas, hasta tal punto que apenas podían distinguir al compañero de viaje, por lo cual se veían en la necesidad de cerciorarse constantemente de la presencia de los demás y comprobar su identidad por medio de las palabras, porque no andaban por la vista.[147] Y no hace falta decir que en semejantes circunstancias -en las que incluso los más fuertes se veían apurados- los niños y las mujeres, que eran tiernos tanto de pies como de corazón, lo pasaban verdaderamente mal. Sin embargo, estimulados por las palabras de Gran-Corazón y de Valiente-por-la-Verdad, salieron airosos del trance.

---

[147] 2ª Corintios 5:7.

Pero el camino se les hacía cada vez más pesado, pues discurría a través de un terreno húmedo y cenagoso, y además no se avistaba en la distancia una sola posada o mesón donde hacer un alto y reponer fuerzas, algo que comenzaba a ser una necesidad para los más débiles del grupo que -aguijoneados por el cansancio- gemían, se lamentaban y suspiraban sin cesar. Mientras unos tropezaban en las matas que entorpecían el camino, otros se embarrancaban en el fango, perdiendo en el barrizal, en más de una ocasión, alguno de sus zapatos. Tenían que hacer esfuerzos inauditos para lograr vencer las numerosas dificultades que se les presentaban, una tras otra.

Avanzando penosamente por tan peligroso camino, se encontraron de pronto con una glorieta con una pérgola que se ofrecía como lugar ideal para un apetecible y necesario descanso; por fuera estaba delicadamente labrada y su interior, hermoseado con ramajes, contaba con bancos para sentarse. Había incluso un sofá con mullidos cojines y almohadones, donde los más fatigados podían recostarse. Teniendo en cuenta el cansancio que arrastraban, la oferta era muy halagüeña; pero, pese a ello, ninguno hizo siquiera la más mínima insinuación para detenerse y descansar allí. Por lo que yo podía ver, prestaban una atención ciega a los consejos del guía, y éste les advertía con tanta exactitud y fidelidad de la naturaleza de cada uno de los peligros que se avecinaban -tan pronto se aproximaban a ellos- que por lo general, cuanto más cerca estaban del peligro, más ánimo cobraban y más se animaban mutuamente para refrenar los deseos de la carne. Esta glorieta se llamaba «El amigo de los Perezosos», y estaba allí puesta con el propósito de tentar a los caminantes cansados, si fuera posible, para que se detuvieran en ella en busca de reposo.

Pude ver que los peregrinos continuaban su marcha atravesando este paraje solitario, hasta llegar a un lugar donde hay muchas probabilidades de equivocar el camino y extraviarse. Con la luz del sol, el guía no tenía dificultad en evitar las sendas extraviadas; pero ahora, en la más densa oscuridad, me di cuenta de que estaba un tanto perplejo; no obstante, vi que tenía en el bolsillo un mapa general de todos los caminos, tanto del que conduce a la Ciudad Celestial como de todas las sendas extraviadas que se bifurcan con él y llevan a otras partes.

El guía, pues, encendió una luz que llevaba (nunca viajaba sin ella) y examinó cuidadosamente el mapa, de donde dedujo que en aquel lugar era necesario torcer a la derecha. Si no hubiese tenido la precaución de consultar el mapa, lo más probable es que hubieran perecido ahogados en el cieno, porque un poco más adelante -al extremo de la senda por la que venían, aparentemente la más recta y transitable de todas- había un foso enorme, cuya profundidad se ignora, lleno de fango hasta el borde y puesto allí deliberadamente con la intención maligna de que los caminantes caigan en él y se pierdan.

Entonces, pensé en mi interior:

—¿Quién, siendo peregrino, sería tan necio como para no hacerse con uno de estos mapas, a fin de poder consultarlo en caso de duda?

Prosiguiendo su viaje a través de Tierra-Encantada, llegaron los peregrinos a otra pérgola, esta vez construida a un lado del camino, en la cual estaban tumbados dos hombres llamados Descuidado y Demasiado-atrevido. Estos dos individuos habían realizado con éxito su peregrinación hasta este punto, pero -sintiéndose cansados del viaje- entraron a descansar y cayeron en un sueño profundo que les tenía allí inmovilizados. Nuestros peregrinos, al verlos en una situación tan lastimosa, se detuvieron un instante y menearon la cabeza. Consultaron entre ellos qué debían hacer, si era mejor seguir su camino y dejarlos allí dormidos, o entrar en la glorieta y tratar de despertarlos, si es que lo conseguían; aunque, eso sí, con suma precaución de no sentarse en ninguna parte ni dejarse seducir por los deleites que ofrecía el lugar a cualquiera que se sintiera cansado.

Finalmente, decidieron entrar y tratar de despertarlos llamándolos por sus nombres (porque el guía, por casualidad, los conocía); pero no hubo respuesta. Viendo esto, Gran-Corazón los agarró y sacudió con fuerza, haciendo todo cuanto pudo para que despertasen. Entonces, soñolientos y sin abrir los ojos, abrieron la boca para decir:

—Ya te pagaré cuando haya cobrado -dijo uno. Tras esta contestación, el guía meneó la cabeza descorazonado.

—¡Lucharé mientras pueda empuñar mi espada! -exclamó el otro.

Esta última frase hizo reír a uno de los niños, por lo que Cristiana preguntó:

—¿Qué quiere decir con esto?

Gran-Corazón. —Hablan soñando. Aunque se los zarandee, hiera, golpee, o se les haga cualquier otra cosa, siempre contestan de este modo; o como uno de ellos dijo ya antiguamente, cuando las olas del mar le azotaban y él dormía plácidamente en la punta de un mastelero: «Cuando despertare, aún lo volveré a buscar».[148] Ya sabéis que las personas, cuando hablan en sueños, dicen cualquier cosa, pero sus palabras no son dirigidas por la razón ni por la fe. Las respuestas de estos hombres son inconsecuentes e incoherentes; como inconsecuentes e incoherentes fueron ellos, cuando estaban despiertos, de sentarse aquí siendo peregrinos. Aquí tenéis un ejemplo de lo que sucede cuando las personas poco cuidadosas van en peregrinación: de cada veinte, se salva uno, porque esta Tierra-Encantada es una de las últimas guaridas

---

[148] Proverbios 23:43,35.

del enemigo. Por eso está situada, como veis, casi al final del camino, lo que nos deja a nosotros en clara desventaja. Pues el enemigo razona diciendo: "¿Cuándo, esos necios peregrinos, tendrán más deseos y necesidad de sentarse? Lógicamente, cuando estén cansados. ¿Y cuándo estarán más cansados? Pues al final del camino, muy cerca de la meta". Esta es la razón por la que Tierra-Encantada está situada tan cerca del país de Beulah, y tan próxima al fin del camino. Que todos los peregrinos, por tanto, permanezcan vigilantes, no sea que les acontezca lo mismo que a estos dos, que como veis se han dormido y nadie los puede ya despertar.

Temblando, nuestros peregrinos estaban deseosos de seguir adelante y dejar aquel lugar cuanto antes; pero, antes de seguir, rogaron al guía que encendiese una luz para que pudieran guiarse por ella en lo que les restaba de camino y andar así más seguros. Provistos de esta ayuda, pudieron continuar el camino, aunque la oscuridad y las tinieblas fueran cada vez más densas.[149]

Los niños, sin embargo, comenzaron a sentir una fatiga excesiva, y clamaron a Aquel que ama a los peregrinos, rogándole que les hiciese más llevadero el camino. Al poco, se levantó un viento que disipó la niebla, dejando la atmósfera despejada y cristalina. De este modo, aunque todavía les faltaba un buen trecho para llegar al extremo de la Tierra-Encantada, por lo menos podían verse unos a otros y saber donde pisaban.

Cuando por fin les faltaba poco para salir de este territorio, escucharon en la distancia un sonido pausado y solemne, como de alguien que estuviera enzarzado en una conversación importante. Siguieron avanzando y se encontraron a un hombre de rodillas: tenía las manos y los ojos alzados al cielo y hablaba apasionadamente -según les pareció entender- con alguien que, a juzgar por su actitud, debía estar por encima de él. Se acercaron, pero no lograron entender nada de lo que estaba diciendo, por lo cual siguieron caminando despacio y en silencio hasta que el personaje hubo terminado. Acabada su oración, el hombre -sin verlos- se levantó y echó a correr a toda velocidad en dirección a la Ciudad Celestial. En esto, Gran-Corazón le llamó gritando:

—¡Eh, amigo! Si te diriges, como supongo, a la Ciudad Celestial, deja que disfrutemos de tu compañía.

Al oír esto, el hombre se detuvo en seco y nuestros caminantes le dieron alcance. Tan pronto como Integridad le vio la cara, exclamó:

—¡Yo conozco a este hombre!

—¿Quién es? -preguntó Valiente-por-la-Verdad.

---

[149] 1ª Pedro 1:5.

–Viene de cerca de donde habitaba yo. Se llama Firmeza, y es peregrino de toda garantía.

Al encontrarse, Firmeza dijo a Integridad:

Firmeza. –¡Hola, Integridad! Porque eres tú ¿verdad?

Integridad. –Sí, yo soy.

Firmeza. –¡Cuánto me alegro de encontrarte en este camino!

Integridad. –Y yo no menos de haberte visto de rodillas.

Firmeza. –(Un poco ruborizado) ¿Cómo? ¿Me viste?

Integridad. –Pues claro que te vi, y mi corazón saltó de gozo al contemplar la escena.

Firmeza. –¿Y qué pensaste de mí?

Integridad. –¿Qué había de pensar? Pensé que habíamos encontrado a un hombre cabal en nuestro camino, y que pronto gozaríamos de su compañía.

Firmeza. –Me haría muy feliz que tu juicio sea correcto y tu criterio acertado; aunque, de todos modos, si no soy lo que debo ser, yo mismo tendré que asumir las consecuencias.

Integridad. –Es cierto lo que dices; pero tus dudas y tus temores de no ser lo que debes ser, no hacen más que reafirmarme en mi opinión sobre la buena armonía que existe entre tú y el Príncipe de los peregrinos; pues no en vano dice: «Bienaventurado el hombre que siempre teme a Dios».[150]

Valiente-Por-La-Verdad. –Y ahora, hermano, te ruego que nos digas por qué razón estabas hace poco de rodillas. ¿Fue acaso debido a que alguna gracia especial te había impuesto nuevas obligaciones?

Firmeza. –Os lo diré. Estamos, como veis, en la Tierra-Encantada; y yo, mientras caminaba, iba reflexionando sobre lo peligroso que es el camino en este tramo, y sobre cuántos peregrinos que han llegado hasta este punto de su viaje, han fracasado en este lugar y han perdido la vida. Pensaba, también, en la clase de muerte que aquí les alcanza. Los que se pierden en este lugar, no fallecen de ninguna enfermedad. La muerte de estos desgraciados no les es penosa, porque aquel que muere entregado en brazos del sueño, lo hace con deseo y placer, y sucumbe fácilmente a la garra de esa enfermedad.

Integridad. –¿Has visto a aquellos dos que duermen en la pérgola?

Firmeza. –Sí, he visto allí a Descuidado y Demasiado-atrevido, y por lo que intuyo, allí permanecerán hasta que se pudran.[151] Pero déjame continuar mi relato. Mientras andaba entregado a tales reflexiones, se me presentó una mujer lujosamente ataviada (tenía ya sus años, pero era muy hermosa) y me ofreció tres cosas, a saber: su persona, su

---

[150] Proverbios 28:14.
[151] Proverbios 10:7.

bolsa y su cama. A decir verdad, en aquel momento, además de estar cansado me caía de sueño; y también -como probablemente sabría la hechicera- soy pobre como un ratón. La rechacé un par de veces, pero ella -sin hacer el menor caso de mis negativas- me seguía, sonriendo. Entonces comencé a enfadarme; pero, al parecer, eso tampoco la inmutó, y volvió a la carga con sus propuestas. Me dijo que si estaba dispuesto a dejarme gobernar por ella, me daría honra y felicidad, porque -me dijo- "Soy la dueña del mundo, y es a través de mí que los hombres son felices".

La pregunté cómo se llamaba, y me dijo que su nombre era Burbuja. Saber su nombre, hizo que tratara de alejarme todavía más de ella; pero ella seguía en sus trece, no dejando de perseguirme e insistiendo una y otra vez en sus seducciones. Estando en este trance, me eché de rodillas al suelo, y alzadas las manos, elevé fervorosas oraciones a Aquel que nos ha prometido su auxilio. La mujer acababa de marcharse cuando -al parecer- vosotros llegasteis; y yo, viéndome a salvo de tan enorme peligro, seguí orando dando gracias por ello, pues ciertamente estoy convencido de que no buscaba hacerme ningún bien, sino todo lo contrario: deseaba por todos los medios detenerme y entorpecer mi viaje.

Integridad. –No cabe duda de que sus propósitos eran malos. Pero... ¡calla! Tal como la describes, me da la sensación de que la he visto o he leído algo acerca de ella.

Firmeza. –Probablemente, ambas cosas tal vez.

Integridad. –¡Señora Burbuja! ¿Acaso no es una mujer alta, bien parecida y de tez algo trigueña?

Firmeza. –¡Justo, has acertado! Ése es exactamente su retrato.

Integridad. –¿Habla con mucha dulzura, finalizando cada frase con una sonrisa?

Firmeza. –La pintas tal y como es.

Integridad. –¿Y lleva en un lateral de su vestido un enorme bolsillo en el cual mete la mano con frecuencia, haciendo sonar el dinero que lleva dentro como si fuera la delicia de su corazón?

Firmeza. –Si hubieses estado allí mientras me hacía sus propuestas, no acertarías más en describir su apariencia.

Integridad. –En ese caso, el honor no es mío, sino del que la describió para advertir a otros; y lo que dijo sobre ella, a juzgar por lo que tú ahora me dices, era la pura verdad.

Gran-Corazón. –Esa mujer es una bruja, y ciertamente es a causa de sus hechicerías por lo que esta tierra está encantada. A quien caiga en la trampa de dejar reposar la cabeza en su regazo, más le valiera ponerla en el pilón del verdugo sobre el que pende el hacha; y quienes fijan los ojos en su hermosura, son considerados como enemigos de Dios.[152] Ella es la que mantiene y sostiene en su apogeo a todos los enemigos de los peregrinos; y ella es también quien ha comprado a muchas personas para hacerlas desistir de su peregrinación. Es muy parlanchina, y tanto ella como sus hijos están siempre acosando a los peregrinos, bien sea tratando de convencerles de las bondades y virtudes de los bienes de este mundo, bien sea ofreciéndoselos directamente. Es una mujerzuela atrevida y descarada que no tiene reparos en insinuarse a cualquier hombre. A los peregrinos pobres los ridiculiza, mientras que a los ricos los adula en extremo. Si encuentra a alguien a quien ella considere hábil en sacar dinero a los demás, lo halaga y se hace su compañero; juntos van de casa en casa expoliando a quien les sea posible. Tiene mucha afición a los banquetes y comidas opíparas, y siempre frecuenta las mesas mejor dispuestas y provistas. En algunos lugares ha hecho correr el rumor de que es una diosa, y por tal motivo algunos incluso la adoran. Se mueve en épocas determinadas y en lugares públicos concretos donde se dedica a engañar, y alardea de que nadie tiene posesiones ni es capaz de mostrar bienes y riquezas comparables a los suyos. Promete vivir con los hijos de los hijos, con tal que la amen y halaguen. En algunos lugares y con algunas personas, reparte el oro de su bolsillo como si fuese polvo. Lo que más le gusta, no obstante, es que corran detrás de ella, que hablen bien de ella, y sobre todo verse halagada por los hombres. Jamás se cansa de encomiar sus propias virtudes; y a quienes más ama, es a aquellos que la tienen en más alto concepto. A algunos, con tal de que sigan sus consejos, les promete coronas y reinos; pero la realidad es que ha llevado a muchos a la horca, y a muchísimos más al infierno.

Firmeza. –¡Oh, qué que afortunado he sido de lograr resistirme a sus insinuaciones y propuestas! ¿Quién sabe a dónde me hubiera arrastrado?

Gran-Corazón. –¡Sólo Dios sabe dónde! Pero, sin entrar en detalles y pormenores, lo más probable es que te habría encaminado a «muchas codicias necias y dañosas, que hunden a los hombres en destrucción y perdición».[153]

Fue ella quien enfrentó a Absalón contra su padre;[154] quien incitó a Jeroboam en contra de su Señor.[155] Fue ella quien persuadió a Judas para que vendiese a su Maestro,[156] y quien indujo a Demas a abandonar

---

[152] Santiago 4:4; 1ª Juan 2:15.
[153] 1ª Timoteo 6:9.
[154] 2º Samuel 15.
[155] 1º Reyes 12:25-33.
[156] Lucas 22:3-6.

la vida piadosa de peregrino; nadie sabe hasta dónde puede llegar el mal que hace. Suscita discordias entre gobernadores y súbditos, entre padres e hijos, entre vecinos, entre esposos, entre la carne y el corazón. Por todo ello, amigo Firmeza, mi deseo es que tu carácter se ajuste con tu nombre y permanezcas firme, hasta completar tu camino.

Durante estos discursos, los sentimientos de los peregrinos habían fluctuado entre el gozo y el temor; hasta que finalmente se impuso un sentimiento de gratitud por haber podido evitar tan triste suerte; entonces, entonaron todos el siguiente cántico:

Está expuesto el viador a muchos riesgos,
y tiene poderosos enemigos;
muchas sendas conducen al pecado,
y así debe marchar apercibido.

Es posible caer en zanja oculta,
en fuego o en pantanos escondidos;
pero, si vela en oración constante,
incólume saldrá de los peligros.

CAPÍTULO XXI

Los peregrinos llegan al país de Beulah y se ven rodeados de delicias. Son llamados, uno a uno, a pasar el río de la Muerte y entrar en la Ciudad Celestial.

En cuanto lograron salir de la Tierra-Encantada, los vi llegar al país de Beulah, donde el sol brilla de día y de noche. Como estaban muy fatigados, decidieron hacer un alto y descansar durante un tiempo; y puesto que en ese país todo está al servicio de los peregrinos -sin limitaciones- y todas sus huertas y viñedos pertenecen al Rey del País Celestial, podían servirse libremente de cuanto allí había. De este modo, al cabo de poco tiempo habían recuperado totalmente sus fuerzas; y eso, a pesar de que dormían poco (pues las campanas se echaban de continuo al vuelo y las trompetas no cesaban de sonar con sus notas melodiosas, lo que impedía dormir); y sin embargo, se sentían tan repuestos como si hubieran dormido profundamente. En este lugar delicioso, se oía decir continuamente a los que paseaban por las calles:

—Han llegado tantos peregrinos.

A lo que otros contestaban:

—Y otros tantos han atravesado hoy el río y han sido admitidos a las puertas de oro.

Y otra voz anunciaba la llegada de una legión de seres resplandecientes, por lo cual se sabía que había más peregrinos en camino (pues estos seres resplandecientes acuden a esperarlos, con el propósito de consolarlos después de todas sus tribulaciones a lo largo del camino). Nuestros peregrinos paseaban de un lugar a otro y recreaban sus ojos con las visiones excelsas. ¡Cómo se deleitaban sus oídos escuchando los sonidos celestiales! En este país, ni sus sentidos ni su espíritu eran blanco de impresiones o sensaciones desagradables; tan sólo cuando probaron el agua del río que habían de cruzar les pareció un poco amarga al paladar, aunque decían que en la otra orilla era mucho más dulce.

En este lugar, había un archivo en el que guardaban los expedientes de todos los que habían sido peregrinos hasta entonces, con todos sus datos y una relación completa de todas sus hazañas y proezas. En este mismo documento se consignaba que algunos, en el momento de atravesar el río, habían encontrado el nivel de las aguas muy elevado, mientras otros lo habían encontrado bajo; algunos habían pasado el río casi en seco y otros lo habían hallado desbordado.

Los niños del lugar solían entrar en los jardines del Rey y recoger ramilletes de flores, entregándolos después a los peregrinos como muestra de su cariño. Allí crecían también la resina, el nardo, el azafrán, el cálamo aromático, el árbol de canela, el incienso, la mirra y áloes; una gran variedad de especias con las que perfumaban las habitaciones de los peregrinos durante su estancia y ungían sus cuerpos, a fin de que estuviesen preparados para atravesar el río cuando llegase el momento señalado.

Así estaban nuestros peregrinos, aguardando la hora feliz de su partida, cuando les llegó la noticia de que un mensajero de la Ciudad-Celestial traía nuevas de gran importancia para una tal Cristiana, viuda de Cristiano, el peregrino. Una vez dio con la casa en la que Cristiana se alojaba, el mensajero le leyó un escrito que decía lo siguiente:

«¡Salve, buena mujer! Por medio de la presente te hacemos saber que el Maestro te llama, y espera que, vestida de inmortalidad, comparezcas ante su presencia en el plazo de diez días.»

Después de leerle el escrito, y en prueba de que era verdaderamente un mensajero celestial y venía a ordenarle que debía partir, el mensajero le entregó un presente: una flecha apuntada de amor que -introduciéndola suavemente en su corazón- obraría en ella, poco a poco, de tal modo que la haría partir a la hora señalada.

Viendo Cristiana que había llegado su hora, y que le correspondía ser la primera de su grupo en atravesar el río, llamó a Gran-Corazón para participarle la nueva. Éste le dijo que se alegraba mucho de la noticia, casi tanto como si el mensajero hubiera venido a por él. Cristiana entonces le pidió consejo con respecto a los preparativos necesarios para el viaje, y el guía le facilitó toda la información que precisaba, añadiendo:

—Y nosotros, los que te sobrevivimos, te acompañaremos hasta la orilla.

Después, Cristiana, llamando a sus hijos, los bendijo y les dijo que -para gran consuelo suyo- todavía podía discernir la señal que se había puesto en sus frentes; que se alegraba mucho de tenerlos a su lado y de que hubiesen guardado sus vestidos tan blancos. Finalmente, legó a los pobres los pocos bienes que tenía, y encareció a sus hijos y nueras que se mantuvieran despiertos y apercibidos para cuando el mensajero viniese en su busca.

Habiendo hablado en estos términos a Gran-Corazón y a sus hijos, Cristiana mandó llamar a Valiente-por-la-Verdad y le dijo:

—En todo momento has demostrado ser leal y sincero; sé fiel hasta la muerte, y mi Rey te dará una corona de vida. Te suplico que tengas cuidado de mis hijos; y, si en cualquier ocasión les ves desfallecer, debes ocuparte de animarlos y consolarlos. En cuanto a mis nueras, ellas han sido también fieles y recibirán al fin el cumplimiento de la promesa.

A Firmeza le regaló un anillo. Luego hizo venir al anciano Integridad, y de él dijo:

—He aquí un verdadero Israelita, en el cual no hay engaño.

—Espero -le contestó el anciano- que todo te sea favorable cuando partas para el Monte Sión; y me alegraré de ver que atraviesas el río en seco.

Pero Cristiana le respondió:

—Bien sea que lo pase en seco o con aguas profundas, mi anhelo es partir; porque, sea cual sea la situación de las aguas durante la travesía, tiempo tendré al llegar allí para descansar y secar mis vestidos.

Después entró para verla Pronto-A-Caer. A éste, Cristiana le dijo:

—Tu viaje ha sido difícil, por ello el reposo te parece ahora tanto más dulce. Pero vela y permanece preparado, porque el mensajero podría llegar a la hora en que menos lo esperas.

Habiendo acudido también a verla Desaliento y su hija Mucho-Temor, les dijo:

—Debéis acordaros siempre, con agradecimiento, de vuestro rescate de manos del gigante Desesperación, en el Castillo de la Duda. Gracias a ello, habéis podido llegar hasta aquí. Sed cuidadosos y desechad todo temor: «Sed sobrios y esperad hasta el fin.»

Por último, se dirigió a Mente-Flaca para decirle:

—Fuiste librado de la boca del gigante Mata-lo-bueno, para que pudieras vivir para siempre a ojos de los vivientes, y vieses con alegría a tu Rey; pero te aconsejo que, antes de que te llame, te arrepientas de tu tendencia a abrigar temores infundados y dudas de su bondad, no sea que por causa de este defecto, seas avergonzado en su presencia.

Llegó, por fin, el día en que Cristiana debía atravesar el río, y un gran número de personas se habían situado en la orilla para verla emprender su viaje. Pero la orilla opuesta estaba llena de caballos y carros que habían descendido para escoltarla a la puerta de la Ciudad. Entonces entró en el río haciendo una señal de despedida a los que la habían acompañado hasta la orilla, y las últimas palabras que le oyeron pronunciar fueron:

—Vengo, Señor, a estar contigo y bendecirte.

Cuando los hijos y amigos de Cristiana la perdieron de vista (a ella y al séquito que en la orilla opuesta la aguardaba) regresaron a sus casas. Cristiana -por su parte- subió, llamó y entró por la puerta, y su llegada fue celebrada con las mismas aclamaciones de regocijo que antes se habían tributado a su marido.

Sus hijos lloraron su partida, pero Gran-Corazón y Valiente-por-la-Verdad, gozosos y tañendo sus bien afinados instrumentos musicales, aliviaron su dolor, regresando después todos los peregrinos a sus respectivos alojamientos.

Al cabo de un tiempo llegó de nuevo el mensajero, en esta ocasión buscando a Pronto-A-Caer. Cuando lo hubo encontrado, le dijo:

–Vengo en nombre de Aquél a quien has amado y seguido, aunque fueras apoyado en muletas. Tengo la misión de comunicarte que te espera en su reino para cenar con Él en su mesa el día después de Pascua; por lo tanto, dispón tus cosas para este viaje. Le entregó también un presente como señal de que era mensajero fiel, diciendo:

–«Te han quebrado la cadena de plata y roto el cuenco de oro».[157]

En vista de esto, Pronto-A-Caer llamó a sus compañeros de viaje y les dijo:

–A mí ya me han llamado; y ciertamente, Dios os visitará a vosotros también pronto.

Rogó entonces a Valiente-por-la-Verdad que le redactara el testamento y -puesto que no tenía nada que legar salvo sus muletas y buenos deseos- dijo:

–Estas muletas las lego al hijo mío que siga mis pasos y camine en mis pisadas, con todos mis deseos de que sea mejor que su padre.

Después de haber agradecido a Gran-Corazón su bondad y buenos servicios, se preparó para el viaje. Cuando llegó a la orilla del río, exclamó:

–Ya no voy a necesitar más estas muletas, pues allá en la otra orilla hay carros y caballos que me aguardan.

Las últimas palabras suyas que pudieron escuchar fueron:

–¡Bienvenida sea la vida!

Y dicho esto, se sumergió en las aguas del río.

Poco después, participaron también a Mente-Flaca que el mensajero había llegado y había tocado la corneta en la puerta de su habitación. A Mente-Flaca, le dijo:

–Vengo a decirte que tu Señor tiene necesidad de ti, y que dentro de muy poco verás su rostro en la gloria; y en prueba de la veracidad

---

[157] Eclesiastés 12:6.

de mi mensaje te doy esta clave: «Se oscurecen los que miran por las ventanas».[158]

Entonces, Mente-Flaca hizo venir a sus amigos y les informó del mensaje que le habían dado, y de la prenda que había recibido como prueba de la veracidad del mismo, añadiendo:

—Puesto que no tengo nada que dejar a nadie, ¿por qué hacer testamento? En cuanto a mi mente flaca, la dejaré aquí, porque no tendré necesidad de ella en el lugar al que me dirijo; ni tampoco es digna de ser legada al más pobre de los peregrinos, por lo que te ruego, querido amigo Valiente-por-la-Verdad, que la entierres en un estercolero.

Dicho esto, y llegado el día de su partida, entró en el río como habían hecho los demás. Y a medida que se iba internando en las aguas, le oyeron decir:

—Manteneos firmes en la fe y tened paciencia.

Y diciendo estas palabras, alcanzó la otra orilla.

Pasaron algunos días, y llamaron esta vez a Desaliento con el siguiente mensaje:

—Hombre tembloroso: este mensaje es para anunciarte que el domingo próximo debes estar preparado para dar gritos de júbilo al lado de tu Rey, por haberte librado de todas tus dudas.

Y añadió el mensajero:

—Recibe esto en señal de la veracidad de mi mensaje: «Y la langosta será una carga».[159]

Cuando su hija, Mucho-Temor, se enteró de la noticia, dijo que deseaba acompañar a su padre.

—Ya sabéis -dijo Desaliento a sus amigos- lo unidos que hemos estado siempre mi hija y yo, y cuánta molestia os hemos causado siempre en todas las circunstancias. Nuestro testamento es que, desde el día de nuestra partida, nadie más participe nunca de nuestros serviles temores y desconfianzas, pues sé que después de nuestra muerte tratarán de apoderarse de otros peregrinos. A decir verdad, se trata de fantasmas a los que dimos cobijo cuando iniciamos nuestro peregrinaje y ya no nos fue posible deshacernos de ellos. Estos espectros tratarán de hallar acogida en otros peregrinos, pero por amor a nosotros impedidlo, cerradles la puerta.

Sonó por fin la hora de su partida y ambos se dirigieron a la orilla del río. Las últimas palabras de Desaliento fueron:

—¡Adiós, noche; bienvenido sea el día!

Su hija lo atravesó cantando, pero nadie pudo entender lo que decía.

---

[158] Eclesiastés 12:3.
[159] Eclesiastés 12:5.

Algún tiempo después, vino el mensajero preguntando por Integridad. Al llegar a su casa, le entregó en la mano las siguientes líneas:

—Se te ordena que de hoy en ocho días estés preparado para presentarte delante de tu Señor en la casa de su Padre; y en prueba de que este mensaje es verdadero, aquí tienes esta clave: «Todas las hijas del canto serán abatidas».[160]

Integridad llamó entonces a sus amigos, y les dijo:

—Muero, pero no haré testamento. Mi integridad irá conmigo: que lo sepan todos los que vengan detrás de mí.

El día señalado, se preparó para la travesía. Y aquel día el río se había desbordado en algunas partes; pero Integridad había pactado -en vida- con un tal Buena-Conciencia, que le ayudaría; y Buena-Conciencia, fiel a su palabra, acudió desde la otra orilla y, dándole la mano, le ayudó a través de las aguas. Así partió Integridad de este mundo, con las siguientes palabras:

—¡Reina la gracia!

También a Valiente-por-la-Verdad llamaron a través del mismo mensajero, que esta vez -como testimonio de que el aviso era legítimo- le dijo: «Tu cántaro se ha quebrado junto a la fuente».[161] Comprendiendo el mensaje, Valiente-por-la-Verdad lo puso en conocimiento de sus amigos, diciéndoles:

—Voy a la casa de mi Padre, y aunque he llegado hasta aquí con mucha dificultad, ya no me pesan los trabajos y molestias que el viaje me ha ocasionado. Dejo mi espada a aquél a quien corresponda ser mi sucesor como protector de peregrinos, y mi valor y pericia a quien pueda lograrlos. Llevaré conmigo mis cicatrices, para dar testimonio de que he peleado la buena batalla por Aquel que será ahora mi galardón.

El día de su partida, muchos le acompañaron hasta la orilla. Y entrando en el río exclamó:

—¡Oh muerte! ¿Dónde está tu aguijón?

Y luego, sumergiéndose en las aguas:

—¡Oh sepulcro! ¿Dónde está tu victoria?

Con estos gritos de triunfo, alcanzó la otra orilla y fue recibido al son de trompetas.

Después de esto llegó el aviso para Firmeza (al que los demás peregrinos encontraron de rodillas orando en la Tierra-Encantada), y el mensajero le entregó en mano una carta abierta diciéndole que debía prepararse para el tránsito a otra vida, porque su Señor no quería que permaneciese por más tiempo tan alejado de Él. Y, como viera el mensajero que meditaba y recapacitaba sobre la noticia, le dijo:

---

[160] Eclesiastés 12:4.
[161] Eclesiastés 12:6.

–No has de dudar un instante de la veracidad de mi recado, pues he aquí la señal: «La rueda ha sido rota sobre el pozo».[162]

Firmeza llamó entonces a su lado a Gran-Corazón y le dijo:

–Si bien te conocí al final del camino y no tuve la suerte de estar mucho tiempo a tu lado durante los días de mi peregrinación, sin embargo desde que te conocí me has sido de mucho provecho. Cuando salí de casa dejé esposa y cinco hijos; te ruego que a tu regreso (pues sé que volverás a casa de tu Señor, con la esperanza de que sirvas aún de guía a otros muchos santos peregrinos), hagas llegar a mi familia noticias de cuanto me ha sucedido y sucederá. Hazles saber de mi feliz llegada a este país y del estado dichoso y bienaventurado en que me encuentro. Cuéntales también lo de Cristiano y su esposa, Cristiana: de cómo ella y sus hijos siguieron en pos de su marido y padre. Háblales del final feliz que ella ha tenido y a dónde ha ido.

Tengo poco o nada que enviar a mi familia, a no ser rogativas, súplicas y lágrimas en favor suyo. Y bastará con que se lo participes, por si acaso mis súplicas prevalecieran y decidieran seguirme.

Arregladas de este modo todas sus cosas, y llegada la hora en que debía apresurarse a partir, bajó al río. Y precisamente aquel día sucedió que había un gran reflujo y las aguas estaban en su mínimo nivel, de modo que -cuando hubo llegado aproximadamente a la mitad- se detuvo un rato y habló desde allí con los amigos que le habían acompañado:

–Este río -dijo- ha infundido terror a muchas personas, y a mí también: reconozco que pensar en él me ha causado espanto en más de una ocasión. Pero ahora estoy tranquilo, y mis pies están firmes en aquello sobre lo que descansaron los pies de los sacerdotes que llevaban el Arca del Pacto cuando Israel atravesó el Jordán.[163] Las aguas, en verdad, son amargas al paladar y frías al estómago; pero el pensamiento de aquello a lo que me dirijo y de la escolta que me aguarda en la otra ribera, fortalece y enardece mi corazón.

Ahora estoy al término de mi viaje; mis días de trabajo y fatiga han concluido. Voy a contemplar aquella Cabeza que por mí fue coronada de espinas y aquel Rostro que por mí fue escupido.

Hasta ahora la fe me ha dirigido, pero en adelante mi guía será Aquél cuya compañía constituye mis delicias.

Oír hablar de mi Señor ha sido siempre mi deleite, y dondequiera que haya visto en la tierra la huella de sus pies, allí he anhelado poner también los míos. Su nombre me ha sido más fragante que los más exquisitos perfumes; su voz, el más dulce son; y he deseado contemplar

---

[162] Eclesiastés 12:6.
[163] Josué 3:17.

su rostro más que lo que ningún hombre pueda anhelar la luz del sol. Su palabra me ha servido de alimento escogido y de antídoto contra mis desmayos. «Me ha sostenido y guardado de mis iniquidades; sí, mis pasos los ha fortalecido en su camino».

Mientras hacía este discurso, su rostro sufrió una transformación, «se encorvó el hombre fuerte»;[164] y después de exclamar: "Recíbeme, porque a ti voy", le perdieron de vista.

¡Pero cuán glorioso era contemplar, en la otra orilla, la multitud de caballos y de carros, de trompetas y flautistas, de cantores y tañedores de instrumentos de cuerda, entrando y saliendo por las hermosas puertas de la ciudad, mientras aguardaban para darle la bienvenida!

En lo que respecta a los hijos de Cristiana -los cuatro niños, ahora jóvenes, que partieron junto con ella de la Ciudad de Destrucción- y a sus esposas e hijos, no esperé a que pasaran el río. Es más, desde que regresé, he oído decir que aún viven; de manera que seguirán todavía, por algún tiempo, contribuyendo al aumento de la Iglesia en aquel lugar.

Si alguna vez me toca en suerte pasar nuevamente por allí, puede que escriba -para aquellos que lo deseen- un relato más detallado de muchas cosas que, por el momento, me callo. Entretanto, me despido de mis lectores.

---

[164] Eclesiastés, 12:3.

www.ingramcontent.com/pod-product-compliance
Lightning Source LLC
Chambersburg PA
CBHW010932120626
46552CB00009B/3228